当代寓言名家新作

Dangdai Yuyan Mingjia Xinzuo

龙舟鼓手

凡夫◎著

读寓言 · 学知识 · 明事理 · 提素质

品读寓言故事　领悟人生哲理
经典寓言大世界　人生智慧大宝库

天津出版传媒集团

天津人民出版社

图书在版编目（CIP）数据

　　龙舟鼓手 / 凡夫著 . -- 天津 : 天津人民出版社，
2018.9
　　（当代寓言名家新作）
　　ISBN 978-7-201-13727-8

　　Ⅰ . ①龙… 　Ⅱ . ①凡… 　Ⅲ . ①寓言—作品集—中国—
当代 　Ⅳ . ① I277.4

　　中国版本图书馆 CIP 数据核字（2018）第 199575 号

龙舟鼓手
LONGZHOU GUSHOU

出　　版	天津人民出版社	
出 版 人	黄　沛	
地　　址	天津市和平区西康路 35 号康岳大厦	
邮政编码	300051	
邮购电话	（022）23332469	
网　　址	http://www.tjrmcbs.com	
电子信箱	tjrmcbs@126.com	

责任编辑	李　荣	
装帧设计	映象视觉	

制版印刷	永清县晔盛亚胶印有限公司	
经　　销	新华书店	
开　　本	640×920 毫米　1/16	
印　　张	12	
字　　数	200 千字	
版次印次	2018 年 9 月第 1 版　2018 年 9 月第 1 次印刷	
定　　价	29.80 元	

总序：为有源头活水来

——《中国当代寓言名家新作》丛书总序

顾建华

中国当代寓言，正在用浓墨重彩书写着中外寓言史上令人瞩目的新篇章。

进入改革开放的新时期后，在我国文坛上，寓言空前活跃起来，涌现出数百名痴心于寓言创作的作者和难以计数的寓言佳作。

本丛书的八位作者堪称中国当代寓言名家。他们大多数是从20世纪70年代末80年代初开始写作寓言，已经有了三四十年的创作经历。有的作者虽然以前主要从事其他文体的写作，但后来专注于寓言创作的时间也有一二十年了。他们的寓言作品量多质高，一向受到读者的欢迎和好评，不少名篇被各种报刊选用，收入各种集子，有的还被选作教材广泛流传。

这些作者以往都早已有各自的多种寓言集问世，在寓言界有一定的影响。本丛书收入的作品，则是他们近年所写，首次结集。可以说是作者们用积淀了一生的智慧和才华，观察当今社会、解剖各种人生的结晶；也是作者们力求寓言创新的又一新成果，无

论在思想境界上还是艺术境界上都给人很多启迪。

这十部寓言集和我们常见的平庸的寓言作品不同，不是用些老套的看了开头就知道结尾的动物故事，演绎一些连小朋友们都已厌烦了的道德说教，或者一些肤浅的事理、教训。它们的题材非常广博，有的影射国际时事，有的讽喻世态人情，有的抨击贪官污吏，有的呼吁保护生态……很多作品笔锋犀利、情感炽烈，既有冷嘲热讽，也有热情歌颂；而思想之深邃，非历经世事者所难以达到。它们娓娓道来的或者荒诞离奇，或者滑稽可笑的故事，却是当今现实世界曲折而又真实、深刻的反映。这样的寓言作品并不是供人饭后消遣的，而是开阔人们的胸襟、心智、眼界，让人们在兴趣盎然地读了之后禁不住要掩卷深思，深思社会、深思人生。

这十部寓言集显现了作者们高超的艺术功底，在艺术表现上多有新的突破和尝试。

杨啸是我国屈指可数的享有很高声誉的寓言诗人。从他的两部新作《狐狸当首相》和《伯乐和千里马》可以看出，他的寓言诗艺术已经炉火纯青，并且还在不断求新，样式、手法多种多样。如作品中除了运用娴熟的单篇寓言诗外，还有不少系列寓言诗、微型寓言诗等等，给人以新意。他过去的很多寓言诗是写给成人的，更是写给孩子们的，特别善于用富有童趣的幽默故事、朗朗上口的动听诗韵，让读者（尤其是儿童读者）得到教益。这两部寓言诗依然既是写给孩子们的，更是写给成人的，在内容和写法上都有很多变化。

张鹤鸣、洪善新伉俪在寓言剧的创作上，在我国原本就无人可与之比肩，近几年又进一步冲破旧模式的藩篱，另辟蹊径地创造了"代言体"寓言短剧的新形式，使寓言能够更好地融入少年儿童的生活和心灵，发挥寓言的道德教育、知识教育、审美教育的作用。《燕南飞》中的一些作品已经成为初学者学写寓言剧的样板，《海神雕像》则显示了作者多方面的才能。他们原先擅长创作带有戏剧性的篇幅较长的寓言故事，现在生活节奏加快，为了满足读者需要，这次也写起了寥寥数言的微寓言，且颇有古代笔记小说的韵味，别具一格。

《蓝色马蹄莲》是作者吴广孝旅居美国时的所见所闻所思所念，散发着我国其他寓言作品中罕见的异域风情。它也不同于其他寓言作品用编织出人意料的情节来揭示作者想说明的哲理，而是像一则则旅游随笔，以优美而简约的散文笔法展示作者所经历、所体验的人、事、物，然后出其不意地迸发出作者由此而来的瑰丽奇妙的思想火花，使随笔变成了寓言。《伊索传奇》以虚构的伊索的生活为线索，在光怪陆离的时空转换中，穿插着对《伊索寓言》的全新的阐释，借题发挥，抒发的却是当代中国人的情感。

罗丹所写的《苏格拉底的传说》同样是以古希腊的智者为寓言的主角。过去也有人这样写过，但罗丹笔下的苏格拉底与他人不同，有着作者本人的印记。苏格拉底对古往今来的各色人等、鸟兽虫鱼发表的言论，都是作者数十年从生活中获得的人生感悟，是对晚辈的谆谆教诲，很值得细细体味。

《白天鹅和黑天鹅》秉承了作者林植峰自1956年上大学时发表寓言（距今已有一个甲子）以来，一以贯之的"颂扬真善美、鞭挞假恶丑"的宗旨。他的这部新作就像他自己所说的那样，是"文

字的漫画"，作品中用嬉笑怒骂的文字构成的各种虚幻世界，表达了作者对当前社会现实问题的严肃思考，应该引起世人的警觉。

《龙舟鼓手》，让我们看到作者凡夫严谨的写作态度以及寓言的多种多样的艺术表现手法。其中的作品都是有感而发，篇篇经过精心打磨，在写法上不拘泥于某种套路，微型小说、笑话童话、民间故事、小品杂文等都能运用自如地嫁接到寓言中来。他还特别重视把寓意水乳交融般地渗透到故事中去，他的寓言没有外加的生硬的说教，却十分耐人寻味，让读者自己从故事中去领略、生发更多的意义。

桂剑雄写的《西郭先生与狼》，无论上半部分的动物寓言还是下半部分的人物寓言，都继承和发扬了明清笑话寓言的特色，十分诙谐有趣。很多作品不是以智者为主角，而是以愚者为主角。作者夸张地描写愚者愚拙蠢笨的荒唐言行，讽刺意味浓郁，既引人发笑，更发人深思。如今，寓言中刻画成功的愚者形象并不多见，因此这些作品尤显可贵。

本丛书的作者大都年事已高，却依然充满旺盛的文学创造力，继续为寓言创新铺路开道。他们以自己的创作实践印证了习近平总书记在文艺工作座谈会上的讲话中所说的："人民是文艺创作的源头活水"，"文艺的一切创新，归根到底都直接或间接来源于人民"。

笔者和丛书作者相识、相知数十年。从交往中我深深感受到：他们心底坦荡，为人正直，急公好义，乐于助人，不畏权势，嫉恶如仇；他们一直生活在人民之中，热爱人民，心系人民，对人民的深厚感情促使他们不断地要用被称为"真理的剑""哲理的诗"

的寓言来为人民发声，表达人民的爱憎和愿望！据我所知，本丛书中的不少作品，就是直接来自于作者的亲身经历，是作者在为大众的事业、大众的利益仗义执言。作者们为寓言创新所做的努力，也都是为了使自己的作品更加得到人民的喜欢，满足人民的需要。

南宋朱熹的《观书有感》诗云："半亩方塘一鉴开，天光云影共徘徊。问渠那得清如许？为有源头活水来。"池塘之所以能够如镜子一般透彻地映照天光云影，是因为它有源头活水。当代寓言名家新作之所以能够拒绝平庸，不断创新，真实地、本质地反映现实生活，就因为作者们紧紧地依赖于汩汩涌流、取之不尽、用之不竭的源头活水——百姓生活。脱离了百姓，脱离了生活，寓言就会成为"无根的浮萍、无病的呻吟、无魂的躯壳"，失去与时俱进的活力，失去存在的价值。

作者诸兄嘱我为这套丛书说几句话，就写下了以上一些读后心得，权作序言。

2016 年元旦于金陵紫金山下柳苑宽斋

目 录

第一辑
龙舟鼓手

龙舟鼓手

　　每年端午节，汉水边的人们都要吃粽子，赛龙舟。然而，先前的龙舟上并无鼓手。人们采取喊号子的方式，求得荡桨的一致。

　　有一年，有条龙舟的船头上突然放上了一面大鼓，有一位选手站在大鼓前，他手中的木桨变成了鼓槌。有人提出异议，这样做违背了竞赛规则。但这条船上的选手坚持认为，他们是减少一名桨手，增加一名鼓手，选手的总人数并没有变化。大赛组委会经过慎重研究，确认有鼓手的龙舟不违规。这样，这条龙舟就和其他龙舟一起，列在了参赛龙舟的行列中。

　　龙舟跑得快与慢，在差不多的条件下，与桨手的数量是成正比的。这条龙舟居然减少一名桨手，增加一名不划桨的鼓手，这种做法是多么愚蠢啊！其他龙舟上的选手们都暗暗发笑，认为这条自损战斗力的龙舟，必败无疑。

　　然而，第一轮比赛结束，有鼓手的龙舟在"咚咚"战鼓声的激励下，拔得头筹。接下来的几轮，这条龙舟都是一马当先，率先到达终点。在决赛中，有鼓手的龙舟鼓声更响，选手们劲头更足，出发不久，就把对手远远甩在身后，最终高高举起了冠军奖杯。

　　人们不得不承认，一支队伍中的角色需要合理配置。在激烈的竞技场上，战斗员是一种战斗力，指挥员和鼓动员更是一种特殊的战斗力。

从此以后，端午节赛龙舟，每条龙舟的船头上，都有了一面大鼓和一名鼓手。

胆量与高度

有人做了一个试验。参加测试的一百位志愿者，没有一个不认为自己的胆量过人。

在一道悬崖上，架起一座可以升降的桥。这座桥宽一米，长三十米，十分结实，走在上面，一动也不动。

开始时，桥面离崖底只有两米。一百位志愿者，全部昂首挺胸地走了过去。

接着，桥升到五米。一百人中，敢过去的人一下子减少了二十多个。

然后，桥升高到十米。这时，剩下的七十多人中，望望桥下，有一半人胆寒起来，能走过桥去的只剩下三十多人。

当桥升到二十米的时候，这三十多人的腿也打起颤来，但是还有四、五个最勇敢的人，鼓足勇气，战战兢兢地挪过了桥。

当桥升到三十米的时候，那高度就相当于十层楼房了。这四、五个最勇敢的人，向崖底望望，一个个脸都黄了，再没有一个人敢过桥了。

其实，那桥还是那么宽，还是那么长，还是那么结实，还是一动都不动。改变了的是高度和人们的心态。

一面镜子

有个年轻人总是看这也不顺心，看那也不如意，肚子里一半气，一半火。他很想找个法子，改变自己的心情。

他脸上一团乌云，急匆匆地在路上走。迎面一个人也急匆匆地向他走来，脸上同样是乌云一团。

年轻人不乐意了，指着对方呵斥："我惹着你了，瞧你那张驴脸！"几乎与此同时，对方也指着他呵斥，说出来的话一字不差。

一团火蹿上来，年轻人挥舞着拳头："我一肚子气正没处出呢？你小心着！"对方也挥舞着拳头，同样让他小心着。

年轻人冲过去，准备教训教训对方。对方也朝他奔过来。准备以牙还牙。

"咚"地一声，年轻人撞在什么东西上，顿时，额头上出现鸡蛋大一个包。他"哎哟"大叫一声，恍然所悟：对面，莫不是一面镜子吧！

他定神看了看，又伸出手去摸了摸，面前是空的，什么也没有。

正疑惑间，空中传来一个声音：年轻人，生活就是一面镜子，你怎样对待它，它就会怎样对待你！要想改变自己的心情，还是先改变改变自己的生活态度吧！

年轻人顿悟。从此，他以阳光的态度对待生活，他的心里也总是洋溢着阳光。

老爱摔跤的人

这人老爱摔跤。

乡下的小路，他悠闲地吹着口哨，走着走着，一跟头摔个嘴啃泥，牙齿磕掉了两颗。他爬起来，一边擦着嘴角的血，一边骂道："这该死的路，凸凸凹凹，是人走的么？"

城里的马路，他昂着头眯缝着眼，走着走着，"扑咚"，摔了个仰面朝天，后脑勺碰出鸡蛋大个包。他翻身站起来，低头看了看，骂道："哪个没道德的乱丢西瓜皮，把爷爷摔得好苦！"

一夜北风呼啸，地上结了厚厚一层冰。行路人都小心翼翼，这人提着个新茶瓶，却跟往常一样大摇大摆。"哧溜"，他一跤摔出五六尺远，半天爬不起来，茶瓶也被摔开了花。他索性坐在起上大骂起来："这鬼天气，早不结冰，晚不结冰，偏偏今天结冰！"

就这样，他经常摔跤，却从不在自己身上找原因。

知天命那年，他到一个风景区去游览。在一个悬崖边，醒目地挂着一块警示牌，上书八个大红字："此处危险，请勿靠近！"他瞄了一眼，毫不在意，举着相机，东瞅西望地拍照片。突然，脚下一块石头松动，他忽忽悠悠地向悬崖下飞去。他还想抱怨几句，大骂几声，但还没来得及开口，就什么也不知道了。

斜 塔

很久很久以前，人们在江边建了一座塔。这座塔高耸入云，雄伟壮观，许多年以后，不知什么原因，这座塔的塔身开始倾斜。

日子久了，这斜塔反倒成了一道风景，比它不斜的时候名气更大，前来参观的人络绎不绝，当地的人也开始心安理得起来，好像这塔本来就应该是斜的。

有人为它担心，一次又一次提醒人们，要想办法把塔扶正。人们都讥笑他是杞人忧天，把他看成一个疯子、傻子。

一天深夜，"轰"地一声巨响，斜塔真的坍塌了。那个"傻子"大哭起来。

有人问他："你是为这座塔么？"

他说："是为这塔，更是为人们的冷漠。"

鲁班挑徒

鲁班是大家公认的木工大师。他发明了曲尺、墨斗、刨子、凿子等木工用具，还发明了石磨、石碾等粮食加工用品和攻城用的云梯。他用竹木削成的飞鹊，能借助风力在空中飞行很长时间；他建造的宫室台榭，结构巧妙，工艺精湛，无人能比。对于他的聪明才智，没有人不佩服。

然而，鲁班年纪大了，自感精力不济。他希望有人能够把他的手艺接下来，传下去。

听说鲁班要招收徒弟，一下子来了三个年轻人。一个高高的，一个矮矮的，一个不高不矮。他们都想跟鲁班学艺，成为他的传人。

见三个小青年都长得壮壮实实，眉清目秀，鲁班很高兴。但是，他只想留下其中的一个做徒弟。他知道，老鹰之所以飞得高，就是因为它每次只扶养大一个幼雏；自己要想教出高徒，也只能集中精力教一个。

鲁班精心地做了一个装有机关的木马。只要转动机关，木马就可以自动行走。他让三个小青年在旁边看着他做。做好后，让三个年轻人每人做一件。

高个子青年最聪明，他只看了一遍，就把什么都记住了。他

做出来的木马,虽不如鲁班的精巧,却也八九不离十;矮个子青年最笨,鲁班耐心地教了好多遍,他急得满头大汗,却怎么也做不好;那个不高不矮的青年人,没有高个子那么聪明,也不像矮个子那么愚笨,他不懂就问,不会就学,经过几番捉摸,到底也做出了一件不错的木马,转动机关,那木马也可以自动行走。

鲁班经过慎重考虑,决定留下这个不高不矮的青年人。

对于这个决定,矮个子青年自是无话可说,但那位高个子青年却很不服气,问:"他没有我聪明啊,您为什么要挑选他?"

鲁班坦率地说:"据我多年观察,学手艺,做事情,太聪明的人做不好,太笨的人也做不好,倒是那些有些聪明又不是很聪明的人容易成功。人太聪明,学什么一学就会,便不愿意下功夫,用力气;太愚笨的人没有悟性,即使再肯用功夫也没有用;而那些聪明又不是很聪明的人,既有一定的悟性,又肯用脑子,下力气,并且能坚持,有韧劲,成功往往青睐这样的人。"

班妻班母

很早很早的时候,人们砍伐树木,都只能挥着斧子砍,既很费劲,效率也很低。

一天,鲁班提着斧头上山伐树,不小心脚下打滑,从山坡上骨碌骨碌直往下滚。情急之中，他随手抓住山坡上一蔸草，却没有抓紧，草叶从他的手中滑脱。事后他发现，他的手心上被割出了一道红红的口子。小小的草叶怎么能把手掌划破呢？鲁班从地上爬起来，返回刚才抓草的地方，折下一片草叶仔细察看，发现草叶的边缘上有许多齿状的东西。鲁班低头沉思了一会，眼睛一亮，拔腿就往回跑。他一口气跑到铁匠铺里，请求铁匠师傅模拟草叶的齿状，打出了人间第一根锯条。然后，他又飞快地跑回家里，制作了一个锯架，把锯条装上去，世间的第一把锯子就这样诞生了。从此，人们要伐倒树木或把木料解开、截断时，就用锯子锯，不仅节省了不少力气，而且工效也提高了好多倍。

鲁班的这个发明，受到了人们的称赞，大家都说他是个了不起的发明家。鲁班自己也有点儿沾沾自喜。

一天，鲁班要把一块木板刨平，可一使劲，木板就在木工凳上来回移动。他呼叫妻子："快来帮帮忙，把木板按住！"

妻子正在屋里做饭呢，就对他说："灶上离不开，没工夫！"

鲁班有些不高兴地说："叫你来你就来！你不帮忙，我怎么能够刨呢！"

妻子甩甩手上的水出来了，她一边吃力地帮鲁班把木板按紧，一边嘀咕说："做这点小事也要劳烦别人？你在这木工凳的一头钉上一块橛子，把木板顶在橛子上，不就行了吗？何必非要一个人来帮你按呢？"

鲁班一想，妻子的话有道理。他立即砍了一块橛子钉在木工凳的一头。再刨木板时，有木橛把木板顶住，就再也不需要别人来帮忙了。

又有一次，鲁班要在木板上画一条线，可是把墨斗拿出来，却没有人帮他把墨线扯直。他不好意思再叫妻子，就请母亲帮他。

母亲走过来，一边牵住线头把墨线扯直，一边低声说："打一个锥铁，把墨线的一头拴上去。要用墨斗的时候，把铁锥往木头的另一头一钉，不就可以代替为你牵线的人了吗？"

一句话提醒了鲁班，他按照母亲说的做了。以后再使用墨斗的时候，就把铁锥往另一头一钉，自己扯直墨线，提起来轻轻一弹，一条直线就"画"出来了，非常方便。

自以为很聪明，为什么连这样简单的发明都没有想到呢？为了记住这两次教训，鲁班就把与墨斗盒配套的铁锥取名为"班母"，把钉在木工凳头上的木橛叫做"班妻"。以后，每当看到这两样东西时，他都告诫自己，世界上的聪明人并非只有自己。

孔子的"老师"

孔子和学生颜回正在路上行走，恰巧遇到一个年轻人同行，三人一边走，一边攀谈起来。

年轻人问："你们认识孔子吗？"

颜回刚要回答，孔子用眼色制止了他。

那年轻人说："现在许多人都捧他为师，并且把他的学派尊为儒家，这真是滑天下之大稽！"

孔子彬彬有礼地问："您为什么这样说呢？愿听高见。"

年轻人来劲了："他那学说算什么学说？既没有长篇巨制，也没有惊世鸿论，都是一小段一小段的话，有的几十个字，有的几百个字，还不如学生作文哩，哪有什么分量？"

孔子故意问："那你认为怎么样才算有分量？"

年轻人说："且不说著作等身，起码也得有几部'大部头'吧！像我，写了十几部著作，加起来少说也有两三百万字，我还没有称什么家呢，他倒称起家来！简直笑死我了！"

"啊"孔子捋捋胡子，呵呵笑着说，"看来，这世人的眼光实在不济啊！"

"就是，"年轻人自负地说，"我只是不愿意吹罢了。实事求是地说，我的学问呀，十个孔子也抵不上！"

走不多远，年轻人与孔子师徒分手了。颜回笑问："老师，您说'三人行，必有我师'，今天也是这样吗？"

孔子说："是呀，今天的收获太大了！"

颜回不解："遇到这样一个狂妄自负、满嘴胡言的人，能有什么收获呢？"

孔子说："他是一个难得的好老师啊，世上如果没有这种人，你怎么知道什么是狂人？如果不见识一下这种人，你怎么能想象自以为聪明的人，会是怎样的滑稽可笑！"

斗牛的尾巴

台北故宫博物院里的藏着一幅《斗牛图》。画面上两牛相斗，一牛肌肉鼓胀，二目圆瞪，四蹄撒开，狂奔而来，低头扬角，拼命向对方撞去，力有千钧，势不可当；另一牛被对手来势汹汹的样子吓住了，眼露怯色，神色惊慌，调转身体，落荒而逃。两头牛一攻一守，一进一退，一勇一怯，造型准确，构画生动，呼应协调，牛的野性和凶顽，尽显笔端；那坚实的奔蹄声和粗犷的喘息声，仿佛可闻。这幅画的作者是唐朝著名画家戴嵩。

传说，有个喜爱书画的杜处士得到戴嵩的《斗牛图》后，如获至宝，专门用锦缝制画套，用玉做成画轴，日间随身携带，夜间伴枕而眠。有一天，他展开画来晾晒，有个牧童见了，指着画上的牛大笑说："斗牛的力气都用在角上，尾巴是紧紧夹在两腿之间的。这画上的牛却摇着尾巴，错了！"这话传到戴嵩的耳朵里，他也不争辩，又画了一幅尾巴夹着的《斗牛图》。到了清代，乾隆皇帝还特意在这幅画上题了一首诗：

角尖项强力相持，蹴踏腾轰各出奇，

想是牧童指点后，股间微露尾垂垂。

这个故事是真是假，没有人说得清。但是，此后人们拿这个故事来说事，却是家常便饭。

某日，有人又把这个故事讲给人们听，有个年轻人提出疑问：戴嵩是有名的画家，创作态度十分严谨，他的斗牛画得惟妙惟肖，怎么会在关键细节上犯常识性的错误？牛除了夹着尾巴相斗外，也许，还有摇着尾巴相斗的吧！

讲故事的人嘲笑说："牧童天天放牧，他的观察会有错吗？"

年轻人说："也许，那话压根儿就不是牧童说的，这个故事完全是杜撰的哩！"

"如果真像你说的，为什么几百年来，都没有人对这个说法提出质疑？"

"也许，几百年来，人们都只注意了这个故事的趣味性，而忽视了它的真实性吧！"

"那么，乾隆的题诗也有错？"

"也许，乾隆是人云亦云。也许，他是玩玩幽默。你注意到没有，乾隆在诗中用的'想是'，并没有肯定啊！"

"既然如此，戴嵩为什么要重画一幅《斗牛图》，让牛夹着尾巴相斗呢？"

"也许，戴嵩觉得既然已有了一幅扬着尾巴的，再画一幅夹着尾巴的也无妨吧！"

"你怎么老是用'也许''也许'！"

"哈哈，等我有了肯定的答案，就不再用'也许'了。"

几天后，年轻人专程来到一个牧场。很幸运，那里正有几头牛在相斗。果然如他所料，有的牛相斗时夹着尾巴，全力以赴；

有的牛相斗时则摇着尾巴，给自己助威。戴嵩的《斗牛图》，没有错。

爱吃樱桃的国王

普鲁士国王菲特烈二世特别爱吃樱桃。

一天，国王来到果园里，成熟的樱桃像玛瑙一样挂满枝头，国王一边欣赏，一边采摘几颗品尝。突然，他发现几只麻雀在枝头跳来跳去，专挑又红又大的樱桃，一口一颗，叽叽喳喳，吃得津津有味。

这还了得，小小的鸟儿居然敢抢堂堂国王的果子吃！菲特烈二世勃然大怒，回到宫中立即传下一道命令，全国人民都行动起来，捕杀罪该万死的麻雀。麻雀不是长着两条腿吗？那好，只要交一对麻雀腿，就可以得到六芬尼的奖励。

这一下麻雀可遭殃了，人们用枪打，用网捕，用胶粘，用药毒，没用一年，普鲁士的麻雀就被消灭得差不多了，即使还有少数幸存者，也吓得逃出了国境。

没有鸟儿抢樱桃吃了，菲特烈二世可高兴啦！但他没高兴多久，新的问题出来了，果园里没有了鸟儿，虫子趁机大量繁殖。大大小小的虫子泛滥成灾，吃树叶，啃树果，钻树干，普鲁士的樱桃树大量枯萎死去。还活着的也蔫不拉叽的，稀稀拉拉地结几颗樱桃，又小又难看。

菲特烈二世召来林业大臣，让他拿出解决问题的办法。林业大臣斗胆进言：要消灭虫子，最好的办法，就是把鸟儿请回来。

菲特烈二世又下了一道命令，奖励招引、保护鸟类。没过几年，普鲁士的鸟儿又多了起来，果园也开始兴旺起来，国王又可以吃到又大又甜的樱桃了。

快乐村和忧郁村

女娲匆匆地造了许多人。事后她发现，有的人总是快快乐乐，有的人却老是忧忧郁郁。这到底是怎么回事呢？她决定到凡间去看一看。

这天，她化妆成一个江湖郎中，先来到一个村子。这个村子叫快乐村。

在村头，她碰到一个驾驶高级轿车的富翁，便走上前问："看样子你很开心啊，请问，你遇到了什么喜事吗？"富翁笑呵呵地说："瞧，我坐的车子，比那部普通轿车舒适多了，我为什么不高兴呢？"

女娲走近那部普通轿车，问坐在车里的人："你很开心哟，请问你有什么高兴的事？"一位中年汉子从普通轿车里探出身子，

笑嘻嘻地说:"我能够有车子坐,比骑摩托车舒服多了,这还不值得高兴么?"

"请问,你有什么高兴的事,也这么笑咪咪的?"女娲去问那位骑摩托车的小青年。小青年满面笑容地说:"摩托车比自行车快啊!跟骑自行车的人相比,我很满足。"

女娲去问那个骑自行车的人:"请你告诉我,你遇到什么值得高兴的事吗?看你的样子,很愉快啊!"骑自行车的人笑容可掬地说:"骑自行车比走路省劲多了!我为有一部自行车而高兴。"

女娲转身去问一个正在走路的人:"朋友,你这么春风满面的。一定有值得高兴的事吧!"走路的人哈哈一笑,指着一个坐在轮椅上的老人说:"和他相比,我能够健康地活着,并且可以自己走路,这已经很不错了!"

女娲看那个坐轮椅的人,也是喜气洋洋,就走上前去问:"老大爷,您的精神头不错啊!一定有高兴的事吧!"老大爷的鼻子眼里全是笑意:"你不知道哇,好多比我年纪轻的人已经到另一个世界去了,而我,还活着,难道还不应该感到知足?"

女娲点点头,驾着彩云向另一个村飞去,这个村叫忧郁村。

在村头,她遇到一名坐轮椅的老人。老人满脸都是泪水。女娲走上前问:"老人家,您有什么伤心的事吗?"老大爷颤颤巍巍地说:"我的命苦啊!长着两条腿,却要别人推着走。一看到那些能走会跑的人,我就不想活下去了!"

女娲安慰了他几句,拦住一个正在走路的年轻人问:"小伙子,看你愁眉不展的样子，遇到什么不舒心的事了吗？"小伙子长叹一声说："我连一部自行车都没有，到哪儿去都得用脚量，命运不济呀！"

女娲回头去问一个骑自行车的中年妇女："大嫂，你有什么窝心的事吗？为什么眉头拧成一个疙瘩？"中年妇女唉声叹气地说，"瞧人家，至少也有个电动车坐，我却只能骑部旧自行车！"

"请问，你为什么流泪呢？谁欺负你了？"女娲去问一个骑电动车的姑娘。姑娘抹了一把眼泪说："咱们都是人，为什么人家能坐轿车，却让我骑电动车呢？"

女娲走近一部普通轿车，车里有个汉子正在长吁短叹，她问："先生，你已经有车坐了，为什么还这么不开心？"那个汉子瞄着旁边的一辆豪华轿车说："人家那才叫车呢！咱这破玩意儿也算车？"

女娲转身走近那部豪华轿车，发现车子的主人正在偷偷抽泣，就小声地问："先生，你坐这么高级的车子，难道还不够顺心吗？为什么这么伤心？"那人重重地捶了一下自己的大腿，说："唉，别提啦！外国有几位富豪已到太空旅游去了！"

女娲不再问什么了。因为，她已经找到了答案。

冰上精灵

在奥运会的赛场上，尤其是在奥运会决赛的赛场上，有几个选手能够做到一点儿也不紧张？

然而，金妍儿的出现，使充满紧张气氛的花样滑冰赛场一下子变得轻松了。这小姑娘好像不是来参加比赛的，而是来玩儿的。那些让人悬着心、捏把汗的高难动作，她做起来就像玩戏游一样随心所欲。看她的表演，人们仿佛忘记了自己是在奥运会赛场，而是半躺在蓝天白云下的草地上，欣赏一只美丽的蝴蝶翻飞舞蹈：忽上忽下，忽左忽右，自由自在，悠然自得，轻盈得让人陶醉，优美得使人入迷……

短节目比赛结束，金妍儿名列第一；自由滑比赛结束，金妍儿又名列第一。两套动作下来，金妍儿以无可挑剔的技巧、近乎完美的表演，超过第二名20多分，刷新奥运会花样滑冰得分记录，夺得了金牌。

奥运会金牌获得者都会有不少崇拜者和效仿者。金妍儿天使般的容貌和精灵般地表演，更为她赢得了数不清的"粉丝"。其中有位"粉丝"也是花样滑冰运动员，她想：我的身材和长像并不比金妍儿差，我的天赋和才能也不比金妍儿弱，我在训练中也够下力气、用脑子的了，为什么她能得做得那么好而我却不能呢？

趁上午训练的间隙，她拿起电话向金妍儿求教，那边金妍儿气喘吁吁地回答说："噢，对不起，我正在训练啊！"说罢就放下了电话。

下午训练的间隙，她再次拨通了金妍儿的电话，那边还是气喘吁吁："对不起，我正在训练啊！"

晚上，她第三次拨通了金妍儿的电话，电话里金妍儿仍是气喘吁吁："对不起，我正在训练啊！"

趁金妍儿还没有来得及放电话，"粉丝"抢着问了一句："请您只回答一句话：为什么你总是在训练呢？"

电话里传来金妍儿带着喘息的笑声："如果别人休息，我也休息，怎么能够超过别人呢？"

就像黑夜中划燃一根火柴，"粉丝"心里一下子亮堂了——她无须再找其他答案。

大力将军

将军有一把蛮力，人称大力将军。

大力将军臂力了得，能开强弓自不必说了，双手折棍更是他的拿手好戏。

这天，诸葛亮要试试他。

先拿来的是一根杯口粗细的檀木棍，大力将军轻轻一折，就

像折断一根牙签似的毫不费力。

又换了杯口精细的一根铁棍，将军掂了掂，"忽忽忽"风车轮转似地舞了一阵，停下来，双手一使劲，铁棍折为两截。

再换成一根青铜棍，也有杯口精细。将军拿在手中，摆出骑马步，运运气，紧紧腰带，"嘿"的一声，那青铜棍也应声而断。

将军面不红，气不喘，走到诸葛亮面前叉手道："孔明先生，这青铜棍，应该是所有棍中最硬的了。还有什么比它更难折么？"

诸葛亮笑笑，又拿出一根棍来。将军接过，哈哈大笑起来：'这轻飘飘的玩意，也配让我折？先生戏耍我吧！"

诸葛亮不动声色地说："刚才已领教了将军的神力，不妨再试试这根。"

将军单手轻轻一扬，把棍抛到半空。那棍在空中飘飘悠悠地翻了几个跟斗，又飘飘悠悠地落入将军手里。将军一手握住棍的一端，双手同时用力，那棍顿时弯成了一张弓，但并没有折断。将军手一松，那"弓"忽一下弹回来，把将军吓了个愣怔。

"弯弓"又变了直棍。

"哟嗬，这东西作怪呢？"将军从来没有遇到过这样的怪棍，他运运气，咬着牙又是一折。那棍又变成了弯弓，但还是不折。将军手一松，"弯弓"忽一下弹回来，又变直了。

"哇呀呀……"将军的面子挂不住了，圆瞪双眼，怒火中烧，几次三番地下狠劲要将那棍折断，但那棍宁弯不折，将军每回一松手，它都立即弹回，恢复了原样。

将军被折腾得气喘吁吁，抱怨说："孔明先生，这是一条什么怪棍。我实在拿它没办法了。"

诸葛亮轻轻扇了扇鹅毛扇，说："这棍是什么东西制作的，并不重要。我只是要让你明白，以刚克刚易，以刚克柔难。"

随后，诸葛亮又把这个意思写进《将苑》："善将者，其刚不可折，其柔不可卷，故以弱制强，以柔制刚。"

爱咬人的狗

这是只爱咬人的狗。

它不分青红皂白地咬了吕洞宾，咬了何仙姑，接着，韩湘子、曹国舅、蓝采和、汉钟离、张果老连同他的驴，都被它咬了。

这一天，狗见铁拐李一瘸一瘸地走来，就"呜呜"叫着扑了上去。

铁拐李挥动拐杖蹲地一扫，狗跛着一条腿惨叫着逃跑了。

铁拐李轻蔑地瞥了它一眼，说："你以为你是狗，就可以想咬谁就咬谁？"

城墙根儿

这是一座千年古城，可城墙根儿却光秃秃的，什么植物也没有。

赵县令上任，沿城墙根儿视察了一圈，说："这么雄伟壮丽的古城，怎么城墙根儿不栽树呢？栽！明天就行动！"

手下人小心翼翼地问："大人，栽什么树好？"

赵县令一挥手："槐树，本地特色。长得又快，树荫又好，槐花还能应急充饥。"

很快，城墙根儿有了一排槐树。每到春季，白色的槐花绽开，古城弥漫着淡淡的槐香。

几年后，赵县令离任，他的后任是钱县令。钱县令绕城墙根儿视察了一圈，指着那排槐树说："这些树长得不错，只是开的花太土了，白不拉叽的，一点儿也不打眼。应该把它嫁接成洋槐！"

下属立即行动，很快，本地槐树的头都被锯掉，树干被劈开一道缝，插进了洋槐的接穗。

园艺工人的技术很好，除少数几棵外，其它接穗全部成活。待到来年春天，洋槐开花了，红艳艳的，一嘟噜一嘟噜，真的比本地槐花洋气多了。

城墙根儿土质肥沃，洋槐树长得十分茂盛。由于叶太繁、花太稠、树枝太细，风一吹，很多枝条都被吹折了，有的甚至从嫁接处连根儿断掉。加上这排树平时无人管理，不到两年，洋槐树断的断，秃的秃，站在那儿就像一队残兵败将。

钱县令走了，孙县令来到古城，他顺着城墙根儿视察了一圈，双手背在身后，朝那排洋槐树仰了仰下巴，说："这么漂亮的城墙，怎么栽这丑一排树。换上香樟，不要迟疑！"

下属雷厉风行。洋槐树全部"下岗"，香樟树傲然"接班"。也别说，孙县令的眼光还真是不错，古城有了这排香樟树，景观确实不一样了。

"铁打的经盘，流水的兵"，当官的也跟流水差不多。三年不到，孙县令调走了，走马上任的是周县令。周县令坐着轿子沿城墙根儿视察了一圈，举起折扇指着那排香樟树，眉头拧成了一个疙瘩："胡闹嘛，城墙根儿怎么能种树呢？古城古城，应该突出古城墙。种这么一排树，岂不是喧宾夺主，夺人视线？挖掉！快快挖掉！"

城墙根儿一棵树也没有了，回到了初始的模样。

白字先生

某公非常自负，以为自己各方面的水平都了不得，包括文化水平。

自从当上了州官以后，某公格外地喜欢玩文。讲话时，经常引用诗词、名句什么的，借以标榜自己读的书多。

遗憾的是，他越是这样显摆，露出的马脚就愈发地多。比如，"一江飞峙大江边，跃上葱笼四百旋"，被他念成"一江飞峙大江边，跃上'忽笼'四百旋"。"澹泊明志"、"夙夜待公"，被他念成"'詹'泊明志"、"凤'夜待公"。平日里，他总把"摄影"念成"聂影'"，把"裸体"念成"棵体"。听者不以为怪，他自己也浑然不觉。

退休了，某公最喜欢的事，就是给小孙子照相。但他还是改不了念"白字"的习惯。给孙子洗澡，他觉得孙子光着身子很可爱，就端起相机说："孙子，来，让爷爷给你'聂'个'棵体'相片！"

上小学的孙子听了哈哈大笑。

某公问："笑什么？"

孙子说："爷爷，不是'聂'，是'摄'！不是'棵体'，是'裸体'！"

某公愣了，这些字，为什么自己念错了几十年，身边那么多同事，那么多秘书，那么多下级，却没有一个人给自己指出呢？

某公深一步想，不禁打了个冷战：别人没有指出的，仅仅是念错几个字吗？

人行道

胡震当上了分管城建的副市长，上任伊始，便深入城建一线，视察主干道和两侧人行道的铺设。

胡震副市长火眼金睛，这一视察，立刻就发现了问题。

他火速把建委主任找来，谆谆教导说："都什么时代了，人行道还用水泥块，真是老观念，老脑筋！你要记住，咱们的城市建设，一定要大气，洋气，有现代气息。懂吗？咱们的城市建设不缺钱，缺的是创新意识和创新精神。懂吗？现在，人们家里的地坪都不用水泥块了，城市人行道怎么还用水泥块呢？咱们要像铺家里的客厅一样，铺好咱们的城市人行道。懂吗？从今天开始，城区内所有人行道，都要铺设大理石，而且，要把大理石的表面磨平打光，让我们的城市有一种时代感和亮丽感；让我们的市民走在上面，像走在自家客厅里一样，有一种舒适感、愉悦感。懂吗？"

建委主任的脸涨得通红，一边拿着笔记本快速地记录，一边使劲地连连点头。

于是，城里所有人行道上的水泥砖都换成了大理石，大理石的表面都打磨得像镜面一样，可以照见人影。人们走在上面，果然有像走在家中客厅里一样的感觉。

　　胡震副市长对自己的远见卓识和英明决策十分得意。经常来到大街上询问市民："这人行道怎么样？"听到人们的称赞，他心里比吃了蜜还甜。他又谆谆地教导建委主任说："咱们为人民办实事，一定要高质量，不能低标准。懂吗？一定要讲究，不能将就。懂吗？一定要有超前意识，不能默定成规，懂吗？"

　　建委主任满脸堆着笑，一边拿着笔记本快速地记录，一边像鸡啄米似地点头。

　　问题出在冬天。一场大雪把城里的所有道路——包括人行道都铺了个严严实实。人们走在大理石人行道上，就像走进滑冰场一样，根本没法抬脚。不到半天时间，城里有几百人被摔成了骨折。这里，那里，不时都有救护车"呜哇——呜哇——"地鸣叫。

　　建委主任不断地向胡震副市长请示："这可怎么办？这可怎么办？"

　　胡震副市长的脸上淌着汗。但他仍不忘谆谆地教导建委主任："只要勇于创新，就难免要交学费。懂吗？出了问题不可怕，可怕的是拿不出办法。懂吗？你把建委系统的干部职工全部动员起来，往人行道上铺麻袋，铺草帘。懂吗？我要亲自去参加，你也要亲自参加。懂吗？咱们要真心实意地关注民生，脚踏实地，不能搞花架子。懂吗……"

　　建委主任放下电话，一下子把手中的笔摔在了地上……

鞋底的泥

这事儿发生在好多年前。

儿子当官了。官不大，得到的好处却不少。今天提回一桶油，明天拎回两瓶酒，至于米呀面呀从此家里就没再买过。

父亲看了，心中暗暗着急。有时忍不住敲打两句："不是自家的东西，不要往家里拿。"

儿子不以为然地抛回两个字：晓得！

中秋节全家团圆，一同到阳春门逛公园。刚下过雨，空气十分清新。青石板铺的小道，像洗过的一样一尘不染。一家人有说有笑地走在上面，其乐融融。

突然，儿子脚下一滑，"哧溜"一下摔了个仰面朝天。一只鞋也飞进路边草丛中。

媳妇连忙把他拉起来，抱怨说："你这双皮鞋，底子都磨得没牙齿了，叫你换，你不换！"

老妈心疼地把儿子的腿捏捏，胳膊捏捏，问："没事吧？好好的路，咋会摔跤呢？"

老爸从草丛中捡回那只鞋，看了看鞋底说："这石板路倒是平整干净，可路边有泥巴啊！如果脚上沾了泥巴，在平整的路上也会摔跤的。"

儿子脸上微微泛起了红晕。他明白：老爸话中有话。

第二天，儿子办公桌上的玻璃下多了一条座名铭："脚上沾了泥巴，在平整的路上也会摔跤！"后来，他又请书法家写了一张，端端正正地挂在墙上。

后来，在反腐风暴中，不少官员落马，儿子安然无恙。

破裤子

从前，有个部落名子虚。子虚部落的首领叫乌有。乌有首领的前任，以衣着华丽为时髦，因此，部落的大人小孩，夏天都着绫罗绸段，冬天都穿裘衣裘帽。部落服装店里出售的全是高档的华丽服装。

乌有君上任后，反对奢华之风，自己带头，穿破衣破裤，帽子上也有几个洞。

部落里的人们见了，纷纷效仿。

问题是，人们过去都以奢华为美，衣服稍旧一点就丢掉了，现在到哪里去找破衣服？部落里的服装店，更没有破旧衣服可卖。一时间，带洞的破衣服成了最紧缺的物品。

有的商店开始忍痛把新衣服做旧，然后在上面剪出洞来。他们的心在流血：这下子可亏大了。

没料到，做旧的破衣服十分抢手，供不应求，价钱也直线攀升，

比新衣服还贵。

服装店老板赚了个盆满钵满，喜出望外，可心里总也不明白：这究竟是为什么？

猎人父子

早晨起来，猎人父子到河边挑水。这时，从河对岸森林里走出一条狼来。他们已是仇恨多年的老冤家了。狼一见猎人父子，就破口大骂起来。

狼骂的难听极了，那些在词典里也查不到的恶毒语言，就像阴沟里的污水一样，源源不断地从它那又脏又臭的嘴巴里流淌出来。直把猎人父子气得浑身打战，面色发青。

儿子放下扁担，开始大声回骂。他深信自己运用语言的能力要比愚蠢的狼高明千百倍。父亲却不声不响地把水挑回家中，取下墙上的猎枪，转身返回河边，瞄准狼就是一枪。狼再也开不了口了。

父亲拍拍枪对儿子说："对付这些凶恶而又不要脸的家伙，这才是最有力的回答。"

029

欲望与快乐

　　某人的心中原本装满了快乐，就像杯子里装满了空气，虽然看不到，但可以感受到。

　　后来，某人把欲望的石子投入"杯"中，一些"空气"被挤出，快乐开始减少。

　　随着"石子"的逐渐增多，"杯"中被挤出的"空气"也越来越多，某人的快乐则越来越少。

　　当"杯"中全是欲望的石子以后。某人几乎感受不到什么快乐了，憋得十分难受。

　　他终于醒悟，他开始把"杯"中的"石子"往外清理，快乐的空气又悄悄地回来了。

诗人的聚会

　　在京城的一次诗友聚会上，有个年轻人与一位长者坐在一起。闲谈中，年轻人趾高气扬地对长者说："今天前来参加聚会的都是京城诗坛鸿儒，想来先生肯定是位大诗人吧！"

长者欠欠身说："不敢不敢。"

年轻人斜睨了长者一眼，故作谦虚地说："在下不才，几年来写了两千多首诗，先生能否赐教一二？"

长者又欠了欠身说："不敢不敢！"

年轻人品了一口茶，清了清嗓子，便摇头晃脑地背诵起自己的诗来。他一口气背诵了二十几首，自矜地问："请问先生，我的拙诗如何？"

长者再次欠了欠身，说："先生的朗诵，字正腔圆，委实动情。"

这话的弦外之音，年轻人自然听得出来，遂以咄咄逼人的口吻问："先生这把年纪，想来诗作一定汗牛充栋吧！"

长者还是那副谦恭的神态，欠欠身说："惭愧，惭愧，不过区区几十首而已。"

年轻人立即露出了不屑的神色，调侃地说："敢请先生赐教一二吗？"

长者也不推托，捋了捋银须，轻声吟道："月落乌啼霜满天，江枫渔火对愁眠，姑苏城外寒山寺，夜半钟声到客船。"

"这是您的诗？"年轻人惊慌地问。

"请先生赐教。"长者欠欠身说。

年轻人站起身来落荒而逃。他知道，这里不是他待的地方。

作家梦

某公有一个梦，想成为作家。

他开始写长篇小说，下笔滔滔，三四十万字一气呵成。结果，出版社编辑看了两页，就给退了回来。

他不写长篇了，改写中篇。洋洋洒洒，几万字文不加点。投到杂志社，如石沉大海。

他又把中篇放弃了，转写短篇。东传西递，发给了几家刊物，一等再等，没有消息。

他短篇也不写了，改写寓言。一口气写了二三十则。这次，他扩大撒网面，一下子发给了两百多家小报。可是那么多小报，居然一家也没有采用。

某公愤怒之极，找到寓言家俗子说："我这么有才气，作品写得这么好，为什么那些出版社、报纸、杂志，都不用我的作品？"

俗子问："这里有一大堆肉，一大堆骨头，还有一大堆皮毛，你能用这些东西做成一头大象吗？"

某公说："大象是生出来的，不是造出来的。"

俗子又问："造不成大象，造一匹马总可以吧！"

某公说："马也是生出来的，我做不到。"

俗子再问："那就用这些东西造一只猫吧。猫比大象、马小多了。"

某公说："那也不行，猫也有生命。"

俗子笑笑说："既然如此，干脆造只蜜蜂好了！蜜蜂多小啊！"

某公说："可是，蜜蜂虽小，也是肝胆俱全啊！我没有这个本事。"

俗子不说话了，转身离去。

某公拉住他说："我诚心诚意地来向你请教写作的道理，你却拿大象、马、猫和蜜蜂来搪塞我，真不够朋友。"

俗子说："我跟你讲的，可都是写作的道理啊！如果连这也不懂的话，你的作家梦，就真的是梦了。"

大作家

某公写了几十年的故事，一直没有长进。最近几年，突然爆发，南方、北方、东部、西部，还有中原地区的小报，接二连三地刊发他的作品，而且一篇比一篇好。人们都夸他说，不简单不简单，老树新花，大器晚成。

某公渐渐地得意起来。俨然以大作家自居。

后来，有人发现，他在北方小报发表的作品，是抄自南方某家的。接着，又有人发现，他在南方小报发表的作品，是抄自北方某家的。再后来，人们陆续发现，凡是挂着他的名字，而又质量比较好的作品，都是东抄西摘的。某公的如意算盘是，地方小报的发行范围有限。这样东拼西凑，张冠李戴，不费力气，便可名利双收，而且神不知，鬼不觉。他压根儿没有料到，不少小报的纸质版发行范围有限，网络版却天下共享。某公被网络"撞了腰"。

据传，某公心理质素超常。丑行败露，他不以为羞，反而振振有辞："天下文章一大抄。何耻之有？"

爱开玩笑的人

在护城河边上住着一老一少。两人都爱开玩笑。

年轻人脑子灵活，外号"能不够"。一天，他遇到一位一只眼睛有毛病的熟人，假装称赞说："伙计，你真是一条龙啊！"那位熟人说："鬼说，我能是什么龙？"能不够闭上一只眼睛说："独眼龙呗。"周围的人听了，哈哈大笑，能不够洋洋得意，很有成就感。

又一天，能不够碰到一位谢了顶的朋友，他眯起眼睛，左瞅瞅，右瞅瞅，说："我越看你越像一只鹰！"朋友摆摆手说："乱扯，我这样能是鹰？"能不够摸摸朋友的头顶："秃头鹰啊！"朋友气得脸都紫了，能不够乐得弯了腰。

离能不够不远，住着一位长者，人们叫他"老快活"。老快活的右脸上有块胎记，照像的时候，总爱侧站着，拿左脸对着镜头。有人故意问："喂，你怎么老是摆这一个姿势呢？"他故作正经地说："风景这边独好呀！"惹得大家乐不可支。

老快活的头顶光光的，而四周的头发相对茂密，梳头的时候，有意把一边的头发往上梳，用来遮住光顶。有人开玩笑："你这叫欲盖弥彰吧！"他甩过一句："你不懂，这叫地方支持中央。"一下子把大家都逗乐了。

能不够的朋友越来越少，老快活的朋友越来越多。

被沙尘埋没的村庄

戈壁滩上有个胡杨村。据村里的老人回忆，这里原来有一条老河道，河汊纵横，流水长年不断，沿着河道有一大片胡杨林，没有胡杨树的地方长着许多沙生植物：沙米、苦蒿、茅条、桦棒、拐枣……到了秋天，金黄的胡杨叶铺天盖地，五颜六色的沙生植物点缀其间，胡杨村的风景像一幅画。

后来，不知是谁突发奇想，掘掉沙米、苦蒿等沙生植物，开垦出一片荒地，开始在沙滩上种植黑瓜。黑瓜子每斤可以换回七元钱。种黑瓜的人很快就富了起来。村里的其他人见了，纷纷把沙米、苦蒿、茅条、桦棒、拐枣掘掉，开垦出一片一片荒地种上

黑瓜，胡杨村里的人纷纷富了起来。

荒地瓜分完了，尝到了甜头的人们为了赚更多的钱，开始打胡杨林的主意，尝试着砍伐胡杨林周围的胡杨树，刨出树根，把胡杨林边缘变成黑瓜地。黑瓜的种植面积迅速膨胀，人们的腰包鼓得更快了。于是，砍伐胡杨树的风潮愈演愈烈，几乎变得疯狂起来。小河两岸，砍伐声和锯木声通宵达旦，胡杨树的断裂声、倒地声和呻吟昼夜不停。没过多久，沙地上只能看见一垄垄黑瓜秧，胡杨林从此不见了踪影。

这一年，就在黑瓜就要成熟的时候，夜里忽然刮起大风。第二天早晨，胡杨村的人们推开房门，家家门口都堆积了厚厚一层沙尘，天空的颜色变得一片灰黄，空气中弥漫的沙尘让人几乎透不气来。人们慌忙跑到黑瓜地里查看。天啊，沟垄已被黄沙掩埋，满目都是一道道沙的波汶。

又过了几年，胡杨村的小河和沟沟汊汊，全被黄沙填没了。再后来，整个村子也被风沙荡平了。这时候，胡杨村的人们才后悔起来。他们甘愿拿出所有卖黑瓜子的钱，换回那郁郁葱葱的胡杨林，换回那些五颜六色的沙米、苦蒿、茅条、桦棒和拐枣，换回小河和沟沟汊汊……但是，一切都晚了。

痛定思痛的人们，开始重新在沙漠上种植胡杨树，播撒沙米、苦蒿、茅条、桦棒、拐枣的种子……

第一道考题

　　一家大公司公开招聘职员，某君踌躇满志地前去应试。他长得一表人才，相貌堂堂，会开车，会英语，会演讲，会公关，会唱歌，会跳舞，还能写得一手好文章，自信定能一箭中鹄。

　　然而，亲自担任主考官的公司总裁却不问他有什么专长，倒与他拉开了家常。

　　"你给你的爸爸妈妈洗过脚吗？"

　　他感到很好笑，心不在焉地摇了摇头，等着总裁正式提问。

　　"你给你的爸爸妈妈端过饭吗？"

　　他又摇了摇头，心想：总裁怎么还不正式提问呢？

　　"你给你爸爸妈妈递过茶吗？"

　　他仍是摇头，仍在等着总裁的正式提问。

　　"你陪你的爸爸妈妈上过医院吗？"

　　他到底忍不住了，说："我的主要精力都用在学习上，这些小事我是从来不做的。请主考官正式提问吧？"

　　总裁微笑着挥挥手说："我的提问已结束了，很抱歉，你不适合在本公司工作。"

流水西瓜

流水的地是沙土地，流水人世世代代都种芝麻。

有一年，有个叫甘响人的忽然不种芝麻了，改种西瓜。当年，他的收入，比种芝麻的人整整多了一倍。

第二年，流水人不种芝麻了，都跟着甘响种西瓜，甘响却掉转头种芝麻。

结果，这年西瓜太多，大掉价；芝麻却价格爆长。

第三年，吃了种西瓜亏的人不种西瓜了，仍旧像过去一样种芝麻，甘响却又回过头种西瓜。

当年，西瓜紧俏，甘响又发了财，那些种芝麻的人后悔不迭。

又一个春天来临，已变得聪明的流水人不再盲目播种，他们紧盯看甘响，甘响种什么，他们就种什么。

甘响经过一番市场调查，拿出一半地种西瓜，用另一半地种芝麻，流水人都跟他一样，西瓜芝麻各种一半。当年，西瓜卖得好，芝麻价格也不错。

腰包鼓起来了的村民对甘响说："感谢你呀，跟着你我们都得利了。"

甘响说："不不，市场经济，跟在别人屁股后头是不行的。咱们得听从一只手指挥。"

村民们急切地问："这只手在哪儿？"

甘响说："这只手看不见。"

村民们疑惑地问："看不见怎么听它指挥？"

甘响认真地说："正因为如此，咱们才得一块儿用心捉摸！"

村民们就跟着甘响一块儿捉摸。数年后，流水成了西瓜名镇，流水西瓜成了市场上的一个品牌。

牧人画虎

牧人最近遇上了麻烦：几只狼常常深更半夜跑来袭击他的羊群，闹得他整夜整夜睡不着觉。

这样下去日子该如何过？牧人想啊想，想出了一个主意：狼最怕老虎，我画一只老虎贴在羊圈旁边，保准吓得这些强盗不敢再来了！

牧人就这样做了，但是，当天夜里，狼又拖走了两只羊。

狼为什么不怕老虎呢？牧人绞尽脑汁地想啊想，突然，他有了新的发现："人们要说哪个女人厉害，常常说她'就跟母老虎一样'，母老虎护仔，比公老虎凶。我昨天画的是只公老虎，如果画只母老虎，狼肯定会害怕的！"

墙上又贴上了一只母老虎，这只老虎还带了两只虎仔。但是狼们还是不怕。深夜里又拖走了两只羊。

"四只老虎狼还不害怕，咱画八只老虎，狼总该害怕了吧！"

然而，狼们还是不怕。它们照样把牧人的羊当作点心，肚子饿了就跑来就餐。

牧人急了，不断往墙上贴老虎。墙上的老虎越贴越多，而他的羊却越来越少。

爱鸟人和八哥

俗子是一个非常爱鸟的人。他的朋友捉到一只八哥送给他，他对这只八哥爱若珍宝。

他给八哥做了一个既美观又宽敞的鸟笼。鸟笼里食盒和水杯，都是景泰蓝的。食物严格按一定比例精心调配，又新鲜可口又有营养。

但是，不管他照顾得多么无微不至，八哥却老是闷闷不乐。俗子有些不满地问："我是这么地爱你，恨不得把自己的心肝掏出来，你为什么还是这样郁郁寡欢呢？"

八哥冷冷地说："你真的爱我吗？那么好吧，请你把鸟笼打开放我出去。我最渴望的是自由！"

人来疯

有个中年妇女，特别爱凑热闹，大家叫她"人来疯"。

一次，人来疯路过一个地方，见有小孩正在用泥巴"摔响炮"。小家伙把泥巴捏成窝窝头状，举起来，狠狠往地上砸去。泥巴炸开，发出鞭炮一样的响声。人来疯见小孩手上、脸上、衣服上，到处都是泥巴，拍着手怂恿说："摔得好，摔得好，再摔一个！"直到孩子的父亲拧着小家伙的耳朵走了，人来疯才心满意足地离开。

又一次，人来疯去学校接孙子，见两个学生扭在一起打架。这个扯着那个的领口，那个揪着这个的头发，你踢我一脚，我给你一拳。人来疯在一旁看得津津有味。嘴里不停地大叫："用劲呀，用劲呀！谁赢了谁就是英雄好汉！"

前不久，人来疯坐公共汽车路过一栋高楼。只见一个年轻人站在楼顶的边沿上，不知为什么要跳楼。楼下围满了人，救护车、警车都来了。人来疯兴奋地打开车窗，一边挥手一边扯开嗓子大喊："跳呀，跳呀，是男人就往下跳呀！"

那男子听到喊声，真的就跳往下跳了……

过去看人跳楼，只是在电视里看的。这次亲眼看见，人来疯兴奋异常，一路上连呼"过瘾，过瘾！"

刚回到家，电话响了。打电话的人告诉他："你的儿子刚才

跳楼了。

人来疯一下子懵了："那怎么会是我的儿子呢？"

三口牙

一牙医喜得贵子，而且是罕见的三胞胎——三个儿子。

八岁八，换狗牙。三兄弟八岁那年，都换得一口整齐而白亮的牙齿。牙医喜不自胜，把仨兄弟叫到跟前交待：牙齿好坏，不仅关乎容貌，而且关乎消化，关乎健康。从今天起，你们都要记住，每天早上醒来第一件事，就是叩牙一百下，然后用唾液嗽口，分三次徐徐咽下。无论大小解，都要把牙齿紧紧咬住，不要松开。记住了么？

三兄弟一齐点头，都说记住了。

三兄弟都高寿，七十岁那年，他们为了庆祝生日，又聚到了一起。只是岁月的刻刀，已使他们的容貌改变了不少。老三的一口牙齿已快掉光，仅存的几颗也摇摇欲坠；老二的牙齿稍好，但好几颗大牙业已"脱岗"，花了不少钱安上了假牙；唯有老三，满口牙齿还是结结实实，白白净净，一颗不少。

老三把两个哥哥看了看，回忆说："八岁那年我们换牙，父亲的话，二位哥哥还记得吗？"

大哥羞赧地说："别提啦，他老人说的话，我压根儿就没放心上。瞧瞧，这就是后果。"说着，指了指空空洞洞的嘴巴。

二哥也有点不好意思，说："开始的几年，我倒是按着老人家的话在做，可时间一长，就慢慢淡忘了。三天打鱼，两天晒网，时咬时不咬，时叩时不叩。一上年纪，老得牙病。"

大哥问三弟："看你还是满口牙齿，一定是按父亲大人的话在做吧！"

三弟说："六十多年来，我天天坚持，一天不拉，早上叩齿，如厕咬牙。"

二哥问："天天都这样，不容易啊？"

三弟说："形成习惯就行了！"

"啊，看来，得让儿孙辈们接受我们的教训。"大哥让人把三家的孩子都叫了过来，讲了他们在八岁时父辈的交待，讲了兄弟三人的不同做法，最后，指了指老兄弟的三口牙说："小小的习惯，大大的差别。我们不可能走回头路，从头开始了。希望你们像你们的三叔、三爷那样，养成好习惯，坚持一辈子。大家记住了吗？"

儿孙们像当年他兄弟仨一样齐声回答："记住了！"

这回答的声音很响亮，很干脆。但大哥心里明白，真正能够做到并坚持的，不会像这答声一样。他只是希望，儿孙辈能比他们这辈做得好一点。

长寿之道

　　石士通对长寿之道很有研究。不管在什么地方，不管遇到什么人，说不上三句话，他必然会把话题拽到长寿之道上来。什么"饮膳在行。酸碱平衡，偏碱为良。四黄驻颜，八宝寿长。"什么"齿常叩，津常咽，耳常弹鼻常揉，腿常支，面常搓，足常摩。腹常旋，腰常伸，肛常提。"每句话加注解，加翻译，加分析，加论述，一口气说上个把小时，那是连磕巴儿都不打的。特别是对古今名人的长寿秘诀，石士通更是烂熟于心，如数家珍。比如101岁的巴金、103岁的陈立夫，106岁的宋美龄，110岁的黄帝，800岁的彭祖……他们如何吃饭，如何喝水，如何走路，如何睡觉，如何待人，如何接物，如何喜，如何怒，如何哀，如何乐……石士通都研究得一清二楚。他还高度洗练地把他们的长寿之道总结为"一德""二字""三戒""四法""五知""六节""七食""八乐""九思"。而且对每个字所包涵的深刻道理和丰富内涵，都能知其所以然。

　　然而，石士通只活了四十九岁，就撒手人寰。

　　人们很奇怪，问他的家人：他精通那么多长寿之道，为什么却不能高寿呢？

他的家人坦诚的说：那些道理，他只是说给别人听，自己从来不实行。

小菜记录本

她有一个爱好，每天早上到集市买菜回家以后，必定要一一记在小本子上，比如，小葱几根，多少钱；生姜几两，多少钱？白菜几斤，多少钱……一笔一划，认认真真，一丝不苟。

有人看了发笑：记这些东西有什么用？真是闲得没事做了。

也有人心里不屑：无聊，几个小钱，也值得记账？

他丈夫不支持也不反对：记这些东西，没什么用处，也没什么坏处。

就这样，她一记就记了五十年，小本子用了二十多个，装了一小木箱。

有一次，隔壁发生火灾，殃及四邻。她在抢救家里的东西时，怀里居然抱的是这个小木箱。

这让她的丈夫有些光火了：那么多有用的东西你不抢，却把这些本本当成宝贝！它是能吃，还是能穿？

她只是抱歉地笑笑，不争辩，也不反驳。

一个偶然的机会，她的小箱子被档案馆的工作人员发现了。这位一辈子都与档案打交道的老档案，小心翼翼地翻阅着这些小本子，眼里发出异样的光彩，连说：记录这么完整，这么细致，半个世纪，近两万天，一天不落，这可真是研究物价变化的珍贵资料啊！太难得了！太难得了！

蔬菜记录本被完整地推荐给国家档案馆，成了国家一级文物。

记者来采访她，请她谈谈自己的体会。

她朴实地笑笑说："没什么，我只是喜欢而已，一天不记就觉得差点啥。"

砸赌神

张三自从迷上打麻将后，就像吃了迷魂药，一天到晚脑子里都是白板、么鸡。张口说话，语言里也离不开七饼、六条。有段时间，总有人把垃圾倒在垃圾箱外，风一吹，废塑料袋、烂纸片到处飞，张三气极，写了一张"告示"贴在垃圾箱边："乱倒垃圾者，逢赌必输！"他认为，这就是最厉害的咒语。

不知道他的咒语是不是灵验，那些乱倒垃圾的人是不是逢赌必输。现兑现的是，张三打麻将却是输的多赢的少。每个月的工资输光了，多年的积蓄输了个干净，接着，家里值钱的东西接连进了当铺。张三急红了眼，到瓷器店"请"了一尊赌神。但是，赌神好像也帮忙不了他多少忙，他仍是屡战屡败，债务像雪球越滚越大。他干脆又从瓷器店"请"回一尊赌神。心想，有两尊赌神作后盾，总该可以转运了吧？伤心，他输得更惨。

终于，张三把房子也输出去了，一股血直冲脑门，"哗啦啦——"，他把两个赌神砸了个粉碎。

入夜，张三心乱如麻，辗转反侧，忽听得墙角有人小声说话。他偷偷过去一看，原来是两个赌神的碎片。

"这家伙赌得倾家荡产了！"

"何止是倾家荡产？"

"他还输了什么？"

"还输掉了青春、事业、声誉、美德……"

"输了这么多，砸我们有什么用？"

"是啊，如果不痛下决心戒掉赌博恶习，他这辈子就完了！"

"……"

张三惊出一身冷汗。

接下来等着他抉择的：是要人生，还是要赌博？

章鱼保罗

章鱼是海洋中很普通的动物。作为海鲜，也是一种寻常不过的食物。但是，德国一只名叫保罗的章鱼，因为在南非世界杯期间预测胜负，不可思议地八测八中，一下子成了闻名世界的"人物"。有的人恨之入骨，认为它是魔鬼，要将它碎尸万段，水煮

火烤；有的人却视若至宝，把它当作神灵，情愿出高出它原身价一万倍的价格，买回去顶礼膜拜。

深夜，另一只章鱼悄悄游到保罗身边，羡慕地说："兄弟，你真神了，猜那么准！我佩服死了！"

保罗淡淡地说："其实没什么神秘的，要叫你猜，你也会和我一样！"

"那怎么可能呢？世界杯期间，有多少人在预测胜负啊！除了你以外，还有谁能预测这么准？"

"我呀，也是瞎蒙的！"

"瞎蒙？你也太谦虚了！"

"真是这样的。我一点也不骗你！"

"那你说说，在小组赛第一场，你为什么能猜出德国胜？"

"我哪管他谁胜谁负啊？我只是根据自己的爱好选择食物。"保罗真诚的说，"你知道，我们章鱼喜欢吃虾和螃蟹等甲壳类动物。德国国旗是黑、红、黄三色，这刚好是我们最喜欢的食物的颜色，就像两条大虾。澳大利亚的国旗是深蓝加红色米字，我觉得这食物太小，就选择了德国。"

"德国和塞尔维亚比赛，你为什么能猜出德国输？"

"这完全是巧合啊！在我眼里，塞尔维亚的国旗，不但有一只红色的虾，还有一只红色的螃蟹，这当然比德国的两只虾更有吸引力了！"

"那么，加纳的国旗跟德国国旗很相似，你为什么要选择德国？"

"你没有发现么，加纳的国旗上有个五星，我认为这食物有杂质或危险，就放弃了它。"

"在八分之一决赛和四分之一决赛中，你为什么没有选择英格兰和阿根廷？"

"英格兰的国旗中，有一个醒目的红十字，这对我们章鱼构成了攻击性；阿根廷的国旗上，没有任何吸引我的颜色，所以，我理所当然地要选择德国啊！"

"然而，你在半决赛时，却选择了西班牙，这又是为什么呢？"

"西班牙的国旗颜色，在我眼中是三条大虾加一个螃蟹。与德国的两条大虾相比，诱惑力实在大的太多了！"

"这么说，这一切都纯属巧合？"

"事情正是这样的。我只是一只普普通通的章鱼。一切迷信都是由迷信的人自己制造的。"

以抽烟为例

俗子爱抽烟。

他叼着一支烟进商场买东西，工作人员立即提醒他：请灭掉香烟。

他抽着烟到机场送客人，值勤人员立即上前劝阻：请不要抽烟。

他夹着烟来学校接小孩，门卫立即警告：此地不准抽烟。

他看望生病住院的朋友，刚把烟掏出来，护士小姐就摆摆手说：这里是吸烟禁地。

……

俗子心里很不爽。这里不让抽烟，那里不让抽烟，自由咋这么少呢？

他把这个想法告诉朋友，朋友对他说，自由不是不受约束。你戒掉烟试试。

俗子下决心把烟戒掉了，他再到商场、再到机场，再到医院，再到学校……再也没有人阻拦他。

俗子忽悟：接受约束，才有自由。

第二辑

小猫扑球

三龙行雨

龙王有三个儿子。它分别让它们分管三个地方的降雨。龙王办事非常公平,它分配给三个儿子的水量都一样,施雨的地盘大小也差不多。

大儿子做事粗枝大叶。它领到龙王分配的任务后,为了图省事,不管三七二十一,"呼呼啦啦"把一年下的雨全部倒了下去,它管辖的地方,一时洪水滔天,田地和房屋被冲毁许多,人和动物被淹死得不计其数;接着,又连续天旱,江河断流,湖泊干涸,草木枯死,田地绝收,动物和人被渴死、饿死了不少。

二儿子做事机械刻板。它接受任务后,把得到的雨水平均分配到三百六十五天,每天不多不少,就下那么一点毛毛雨。它分管的地方,虽然没有淹到,也没有干到,但是,不该下雨的时候,天天下雨;该下雨的时候,雨量却远远不够。那里的庄稼和水果,收成不怎么坏,也不怎么好。人和动物的日子可以过得去,只是不大滋润。

三儿子是个认真负责、办事细心的人。它听了父亲的吩咐后,先到下面去调查研究,什么时候需要雨,什么时候不需要雨,哪些地方需要的多点,哪些地方需要的少点,心中一清二楚。该下雨的时候它就下,不该下雨的时候它就不下。各个时段、各个地方的雨量,也把握得恰到好处。在它的辖区里,风调雨顺,五谷丰登,牛肥马壮,人们的日子过得甜甜蜜蜜。

一年后，龙王视察了三个儿子分管的地方，大发感概说："事在人为。同样的事，让不同的人来办，就会有不同的结果啊！"

秃尾巴乌龙

秃尾巴乌龙是龙王的小儿子，虽然个头矮小，但在兄弟几个中，力气却是最大的。

它见几个哥哥行起雨来，不紧不慢，四平八稳，偶尔驾着雷车从天空中驰过，也不过就是扔几个炸雷，丢几个闪电而已。

一天，它对哥哥们说："你们的那种做法，平平淡淡，太没有影响了，根本引不起人们的注意。请看我的！"

说罢，它驾起一片乌云来到空中，手中的乌旗一招。顿时，狂风大作，雷电交架，飞沙走石，山鸣海啸，碗口粗的大树被连根拔起，几百斤的水牛被卷上天空；房顶被揭起来，像风筝一样在空中飘；船舶被按下去，似树叶一样在水里转；田野森林一片狼藉，像被千万大军践踏过；城市村庄千疮百孔，似经七级地震洗劫……

秃尾巴乌龙肆无忌惮地将大地蹂躏了一番，哈哈一阵狂笑，不无得意地对哥哥们说："各位兄长，你们看我的能耐如何？"

长兄悲痛地叹了口气说："你的能耐的确不一般，可惜没有用到正路上。"

二哥愤怒地说："你得意什么？如果心地不好，本事越大，

破坏性越大。"

三哥讥讽说："破坏，从来都比建设容易。只要有几分蛮力就行了！"

秃尾巴乌龙鄙夷地看了看几位哥哥，拂袖而去。

直到如今，它仍旧是一个大祸害。

难啃的驼鸟蛋

狮子、老虎、老鹰结伙去打猎。可是，今天的运气实在太差，它们在荒原上奔波了一天，什么猎物也没有找到。

傍晚，它们在草丛中发现了一枚驼鸟蛋。大家立即兴奋地围了上去。

狮子大吼了一声，说："按照规矩，这枚鸟蛋是属于我的！你俩谁敢动一指头，我就咬断它的喉咙！"

两个同伴深知狮子的厉害，只好流着口水退到一边观望。

狮子舒舒服服地卧下来，把驼鸟蛋抱在怀里，张开大口开始享用。但是，驼鸟蛋太大，壳太硬，一咬一滑，一咬一滑，它费尽心思左啃右咬，把腮帮子都累疼了，那个鸟蛋却丝毫无损。

它灰心地推开这个啃不动的东西，悻悻地说："谁叫我是大哥呢？大哥应该发扬风格,这只蛋就送给你们吃吧！"说罢，站起来走了。

狮子刚离开，老虎就迫不及待地扑上去，把驼鸟蛋紧紧搂在自己的怀里，对跃跃欲试的老鹰说："别过来！小心你的脑袋！"

老鹰缩着脖子蹲在旁边，任凭口水顺着嘴角流淌，也不敢上前一步。

老虎的牙齿又尖又利。它抱着圆咕隆咚的驼鸟蛋，把脑袋偏过来偏过去认真啃咬，但啃了半天，也是有劲用不上。最后，只好悻悻地放弃了。

眼看着老虎渐渐远去，老鹰不慌不忙地走上前去，先围着驼蛋转了几圈，然后，寻找到一块不大不小的石块，叼起来向驼鸟蛋砸去。

驼鸟蛋虽然很硬，但到底硬不过尖楞八角的石块。老鹰砸了十多次，终于在它身上砸开了一个小洞。

老鹰一边津津有味地品尝着这又充饥又解渴的美味，一边心里想："看来，掌握一门技巧总是有用的。"

虎言狗语

虎见狗每天总是摇头摆尾地跟在人的后面，很有些不理解。

一天，它在林子里遇见狗，就走上前攀谈起来："兄弟，有一件事，我总也闹不明白。"

狗摇摇尾巴说："请往下讲。"

虎说："在动物中，脑子最灵活，对主人最驯服、最忠诚的要数你了。主人的话，你差不多都听得懂。无论主人是穷是富、

当官不当官，你对他们都无限忠诚。主人走到哪儿，你跟到哪儿。无论春夏秋冬，你都坚守自己的岗位，为主人看家护院。可是人却总是贱看你。人们见到我，都畏惧三分。涉及到我的词也是"虎头虎脑""虎虎生威""英雄虎胆""虎虎有生气"……而涉及到你的词呢，却是"狗眼看人""狗胆包天""狼心狗肺""狗嘴里吐不出象牙"等等。请告诉我，你究竟有什么错？"

狗有些无奈地说："老哥，我没有错，那是人的错。"

虎问："此话怎讲？"

狗说："人身上有一种劣根性，谁对他越忠诚，他越看不起；而对拉大旗作虎皮的，却敬若神明。"

两张透视片

世上有的事就这么巧。

灰熊总觉得胃不舒服，忧心忡忡；棕熊也老是感到胃隐隐作疼，心里不踏实。

它们同时到猩猩诊所去检查，猩猩大夫非常认真地为它们各拍了一张 X 透视片。但是在递交结果的时候却阴差阳错，把灰熊的给了棕熊，把棕熊的给了灰熊。

灰熊手中的片子显示，胃里有一个鸡蛋大的肿瘤，猩猩大夫诚恳地对它说："兄弟，我不得不告诉你，这个肿瘤是恶性的，

你可得抓紧治疗啊！"

灰熊听了，当场就腿一软，瘫在地上，站不起来了。

棕熊手中的片子显示，一切正常。它彻底放下心来，安慰了灰熊一番，兴高采烈地回了家。

两年后，原本并没有癌症的灰熊死了；本来患有癌症的棕熊却健康地活着。

大象打架

狐狸占领了一片山林。它的左边是粗粗牙象的领地，右边是长长鼻象的地盘。面对这两个庞然大物，狐狸忧心忡忡，缺乏安全感，总害怕哪一天，自己的这片山林会被哪头大象给占了去。

怎么才能避免厄运的到来？狐狸日思夜想，终于想出了一个办法：让两头大象打起来。如果两个庞然大物成了仇敌，自己就可以在空儿里过日子了。

它开始行动。

它先对长长鼻说：这一段时间，粗粗牙一直在磨它的牙齿。它磨牙干什么？肯定不会针对我。因为我根本就不是它的对手。我想呀，能够成为它对手的，这儿只有您。所以，您应该小心啊！

然后，它又对粗粗牙说：你注意到了吗？我右边的那个大个子，这几个月一直在锻炼它那长鼻子。它那长鼻子本来就十分厉害，把一棵大树连根拔起，或者将一头豹子摔成烂泥，这些对它来说，都是小菜一碟。可是，它天天还在不断地练呀练，它的敌人是谁？大概不会是我这个小不点吧？

起初，两头大象对狐狸的话并不相信。狐狸就不厌其烦地挑拨离间，一次又一次地煽风点火。时间长了。两头大象渐渐地生分起来。看对方的时候，总觉得不大顺眼。对方每做一件事，好像都是针对自己的。

有一天，粗粗牙在水塘里洗澡时，不小心撞了长长鼻一下，于是，压抑了好长时间的怒火一下子被点燃了。两个庞然大物大打出手，你给我一鼻子，我给你一牙齿，直打得天昏地暗，日月无光。

狐狸的计谋得逞了，开始时它十分得意，觉得自己的主意不错。待两个庞然大物从水塘里打到陆地上，狡狸发觉不对劲了。水塘边上就是它的领地。它那巴掌大个地盘，哪经得起两个庞然大物折腾！一来二去，狐狸的所有家当都被两个争斗者踏成了一团泥。

"生活在强者身边，我为什么还要动花花肠子？"到了这个时候，狐狸虽有一万个后悔，已是没有半点作用了。

长颈鹿变哑

长颈鹿天生一副好嗓子。它那长长的声带，就像一张竖琴，可以发出各种美妙动听的声音；它那庞大的躯体，就像一个超级音箱,使它的歌声变得浑厚、高昂、具有无法比拟的穿透力。音乐专家赞叹说,像这样的歌唱天才,恐怕几百年才能出现一个。通过一段时间的努力,长颈鹿一定可以成为动物王国的帕瓦罗蒂,荒原上最优秀的高音歌唱家。

听了音乐专家的评价,长颈鹿非常激动,它暗暗下定决心,要做一个让所有动物都喜欢的歌唱明星。

开始,它演唱通俗歌曲。无论走到哪里,后面都跟着一大群"粉丝",向它献花的,找它签名的,浩浩荡荡,排成长长的队伍。但是,那些喜欢民歌和西洋歌曲的动物却摇头跺足。说通俗歌曲就像白开水似的,根本没有艺术含量,长颈鹿唱这种歌,纯粹是浪费资源,糟蹋人才。

听了这些议论,它改唱民歌。这一来,喜欢听民歌的动物可高兴极了。它走哪儿,它们跟到哪儿。只要它一开口,民歌迷们就报以震耳欲聋的掌声和喝彩声。可是,那些喜欢通俗歌曲和西洋歌曲的动物却不屑地说,民歌既不如通俗歌曲通俗,又不如西洋歌曲高雅,长颈鹿朝这个方向走下去,肯定没什么前途。

长颈鹿是极善于听取动物意见的,它立即改唱西洋歌曲。这一下,喜欢美声唱法的歌迷听得如醉如痴,大呼过瘾。然而,喜欢通俗歌曲和民歌的动物却恼火了。它们说,这美声唱法何美之有?就像打摆子一样抖抖的;叽里哇拉,听也听不懂。长颈鹿放弃大家喜欢的演唱风格,去钻这个牛角尖,八成是脑子灌了水。

长颈鹿不知如何是好,干脆不再唱歌,甚至连话也不愿意说了,久而久之,它变成了一个哑巴。

"舆论如刀!是舆论扼杀了一个天才歌手啊!"有的动物这

样评论。

"唱歌就是唱歌，不该分成什么通俗、民族和美声，如果没有这些分类，一个优秀歌手何至于湮灭？"有的动物这样认为。

"众口难调，聪明者只调一口。长颈鹿想让所有动物都爱听它的歌，这种不切实际的想法，才是它失败的根本原因！"有的动物这样分析。

有的动物问长颈鹿自己怎么想，长颈鹿无语。

狐狸的汇报稿

森林里一些野兽滥杀无辜。狮子大王很生气，发表重要讲话，要求坚决制止这种行为。

为了检查动物们落实狮王讲话精神的情况，狼召开了汇报会。动物们挨个儿发言，介绍自己学习贯彻落实狮王讲话精神的措施和收获。狼支着下颏，似听非听。

轮到狐狸发言了，只见它从公文包里取出一叠材料，认真地边看边讲，大一二三四，小一二三四，抑扬顿挫，头头是道。狼立即来了精神，连连点头，满意地说，狐狸的态度最认真，措施最得力，成绩最显著。大家都应该以它为榜样，好好地向它学习。

会后，坐在狐狸身后的猩猩扯扯狐狸的衣角，悄悄地问："先生，你那一叠纸上一个字也没有啊，为什么你要看着白

纸讲话呢？"

狐狸神秘地一笑说："你没有发觉么，我讲的东西，其实跟大家差不多，上司看重的就是这叠纸。"

啊，猩猩心里说，原来有些事情就是这样变味的。

狐狸的夸奖

老虎王退位了，新虎王上任。刚刚过去一个月，狐狸就找上门来，满脸堆笑地对新虎王说："哎呀，您太了不起了。走马上任，就让荒原上气象一新。您瞧瞧，过去，老虎王从来就不把我呀，狼呀，豺呀，狗獾呀放在眼里，您一上任，就把大家的积极性都调动来了；过去，老虎王只会墨守成规，不思进取，您一上任，就大胆开拓，锐意创新；还有，您讲话的水平比老虎王高多了！老虎王讲话，就是那么几句，干巴巴的，哪有您这么生动，这么风趣，这么幽默，这么高屋建瓴，这么入木三分，这么如雷贯耳？还有你发表在《动物日报》上的文章，啧啧啧，真是黄河之水天上来，春雨润物细无声……

狐狸不着边际地满嘴跑舌头，直说得新虎王心里比十二个熨斗熨得还舒坦。

狐狸走后，猩猩博士问新虎王："您觉得狐狸的话怎么样？"

新虎王说："我不太同意它对老虎王的评价。不过，总的说来还是有几分道理的。"

猩猩博士说："您知道当年老虎王上任时，它对老虎王是怎么讲的吗？"

新虎王问："它是如何讲的？"

猩猩博士说："就跟今天对您讲的一模一样。"

"啊？"新虎王瞪大了眼睛，问，"真是这样吗？"

猩猩博士说："我敢断言，如果您的接班人上任时，它还会再次贩卖这一套。"

新虎王将信将疑地说："您怎么敢这样肯定？"

猩猩博士轻轻一笑："看一个人的过去，就知道他的现在，看一个人的现在，就知道他的未来。"

容易的事儿

熊猫在马路边开了一个玩具商店，每天早晨开门后，它做的第一件事，就是把门口一个公用垃圾筒擦干净。平时，如果看见谁丢下废纸片、水果皮等东西，它总要及时捡起来，塞进垃圾筒里，并且微笑着提醒一声："朋友，请把垃圾丢进垃圾箱里。"一年到头，它的门前总是干干净净。

年底，熊猫被评为动物王国环保卫士，大花猪不服气地嘟哝说："小题大做，不就是擦擦垃圾筒，捡捡废纸片么？"

狮子大王说："擦擦垃圾筒，捡捡废纸片，这事的确很容易，但是，能把一件容易的事坚持做好，天天如此，这就很不容易了。如果不服，你试试看！"

碰上门前

猴子造了一座房子。为了家里的安全，它安上了一道防盗门。出门进门，都不忘把防盗门碰上。

防盗门给家里带来了安全，但也给它带来了麻烦。猴子记性不好，做事又毛里毛糙，好几次出门都忘了带钥匙，回家时，被防盗门挡在外边。猴子没办法，只好请开门专家来帮忙。白白地花了不少钱，浪费了不少工夫。

有一次，猴子苦恼地对猩猩博士讲起这事。猩猩博士给它出主意说："以后你出门的时候，一定要记住摸摸口袋，看钥匙带在身上没有。"

猴子点点头说："这好办。"

过了一段时间，猴子又遇到了猩猩博士。猩猩博士问它："怎么样？进不了门的问题解决了吗？"

猴子苦笑着说："没有啊。"

猩猩博士问："你出门的时候摸口袋了吗？"

猴子说："摸了。"

猩猩博士问："你是碰上门之前摸的，还是碰上门之后摸的？"

猴子不好意思地说："碰上门以后。"

猩猩博士笑了："那不等于没摸么？以后一定要记住：碰上门之前摸口袋！"

猴子牢牢记住这句话。从此，进不去门的事就再也没有发生过。

过了一段时间，猴子和猩猩博士又相遇了。还没等猩猩博士问话，猴子就抢先说："尊敬的博士，你不仅帮助我避免了进不了门的尴尬，而且让我懂得了一个人生的道理。"

猩猩博士饶有兴致地问："什么道理？"

猴子说："做什么事情，都需要有一定的程序。有的程序，是不能颠倒的！"

习惯的力量

食草动物见了狮子，总是不由自主地拔腿就逃。

一头年轻的水牛问同伴："咱们为什么要逃？"

同伴说："世世代代都这样，习惯了。"

"咱们头上不是有角么？不能跟它斗？"

"没有试过。"

"那为什么不试一试呢？"

"不要命了！在狮子面前，谁敢？"

"没有试过，为什么就断定它比我们厉害？"

"刚才说过，大家都这样认为，习惯了。"

年轻的水牛不再说什么。几天后，它与一头狮子狭路相逢，这次它没有拔腿就逃，而是毫不畏惧地叉开四腿，摇摇犄角，摆出了一副决斗的架式。狮子从来没有遇到过这么胆大的水牛，看看对手那副不容侵犯的架式，眼中居然露出了一丝惊慌。这个细节没有逃过年轻水牛的眼睛，它的信心更加坚定了："凶兽也是欺软怕硬的。"于是，它憋足劲响响地喷了一下鼻子，先倒退几步，然后勇敢地向狮子发起了进攻。狮子开始还想反扑，但很快它就明白，面对水牛这双犄角，它的胜算机率很小很小。躲过对手的几次攻击后，就识趣的离开了。

看着狮子渐渐隐没在草丛中，年轻的水牛长长地出了一口气，感慨地说："凶恶的狮子是可怕的。比狮子更可怕的，则是习惯的力量啊！"

狗的"伴奏"

黄牛正在田里耕地。不知从哪里蹿出一条野狗，毫无来由的冲着它狂吠起来。

"汪汪……汪汪……"野狗耸着毛，瞪着眼，龇牙咧嘴，一副穷凶极恶的样子。

　　黄牛好像没有听到，也没有看到，只管弓着腰，低着头，四蹄使劲蹬着土地，让黑色的浪花在身后翻腾。

　　"汪汪……汪汪……"野狗吠得更有劲了，叉开四肢，脖子伸得长长的，脑袋时低时昂，一声接着一声。

　　黄牛仍旧没有理它，专心致志拉着犁，偶尔抬起头，也是为了喘一口气，或者是听听树上小鸟的啼啭。

　　"汪……汪……汪汪……"野狗的狂吠变了花样，就像一个五音不全的人，偏要炫耀自己的歌喉，紧一声，慢一声，高一声，低一声。

　　黄牛还是不理它，任由它自拉自唱，自娱自乐。

　　"汪……汪汪……汪汪……汪……"野狗不依不饶，从土地的这头跑到那头，又从土地的那头跑到这头，直着嗓子，狂吠不止。

　　一只松鼠看不过去了，跑过来对黄牛说："大哥，这家伙实在太讨厌了！你没惹它，又没撩它。它凭什么对你乱吼乱叫？停下来，别耕了，教训教训这家伙！"

　　黄牛说："算了吧！人家就这点爱好，咱们何必要干涉人家呢！再说，狗就是狗，它那德性你是无法改变的。为了一件无法改变的事浪费时间，多不值得！"

　　在野狗的狂吠"伴奏"声中，黄牛耕完了一片荒地。

一面墙

一面雪白的墙被污染了。不知是谁用臭脚丫子在上面"画"上了"竹叶"，也不知是哪个用大手掌在上面印上了"梅花"，还有人用红色在上面画了两颗硕大的心，并且用一根箭把它们穿在一起，下面龙飞凤舞地写下了一行字：我和你。

花猫路过看见了，气愤地说，太不像话了，多漂亮的墙啊！是谁的爪子发痒，在这里乱涂！于是，它提起笔来，画了一个圈，把那些乱写乱画的东西全圈在里面，然后在旁边写下一句诗：是谁在此乱涂画？

黄狗走过来眯起眼睛看了看，用鼻子冷笑两声，拿起笔画了个圈，把花猫的话圈起来，在旁边添了一句：既有你来也有它。

公鸡看了它俩的留言，长叹一声，画了个更大的圈，把它俩的话全圈进去。在下面加了一句：乱涂乱画都不对。

母鸭摇摇摆摆地走过来。伸长脖子看看墙，又低下头来想了想，然后搬来梯子，画了一个超大的圈，把花猫、黄狗、公鸡的话全圈了进去。认认真真地在后面写了一行美术字：爱护坏境靠大家。

凡是从这儿路过的没有一个对乱涂乱画的行为不反感。大家纷纷用笔在墙上发表意见，表示十二分的愤恨，二十四分的谴

责……然而，墙没变干净，反而越来越脏了。

黄牛从外地打工回来，看了看这面墙，皱皱眉，摇摇头，不声不响地提来一桶石灰浆，刷呀刷，墙，又恢复了雪白的面目。

不知道今后还会有人在上面乱涂乱画吗？

摔跤之后

小驴在玩耍的时候不小心摔倒了，趴在地上"啊昂啊昂"地大哭起来。驴妈妈赶紧跑过去，把小驴抱在怀里，用脚使劲地踩着地面说："都怪你！都怪你！把咱宝贝摔痛了！踩死你！踩死你！"接着，又安慰小驴说，"好乖乖，别哭了，我已经踩了它好几脚，狠狠地惩罚它了！"听了这话，小驴好像受了多大的委屈，哭得更响了。

没过一会儿，小马也摔倒了，它扭头看了看马妈妈，撇撇嘴巴想哭，马妈妈好像没有看见一样，径自做自己的事。小马只好慢慢地爬起来，揉了揉眼睛，自己找小驴玩去了。

牛妈妈走过来，责备马妈妈说："孩子摔倒了，你怎么像没事一样呢？最起码得把它拉起来啊！"

马妈妈说："对孩子绝对不能娇宠。刚才它摔倒了，摔的并不重，要让它自己找教训。如果大人一味地教它去怪别人，等它

长大了，再遇到什么挫折，就还会去怪别人。而一个不会从自己身上找教训的人，是做不好事，也做不好人的。"

炒了千里马的驴

毛驴过惯了悠闲的日子。每天吃饱喝足，无所事事，不是在草地撒欢儿，就是在灰窝里打滚，或者靠在山墙上看云卷云舒，或者扬起脖子吼几句流行歌曲……这一切都玩完了，想不出什么新的招数了，就四腿一伸，躺在树荫下美美地睡上一觉，在梦中天马行空，遨游四方。它从来没有为什么事操过心，也从来没有为什么事着过急。

终于有一天，毛驴腻烦了这白开水一样无滋无味的生活，忽然羡慕起千里马的好名气来。于是，它向千里马队的队长请求："让我加入你们的队伍吧！我也想当千里马！"

千里马队的队长爽快地说："我们的大门是敞开的。不管是谁，只要他愿意。就可以加入进来。"

毛驴迫不及待地问："那我什么时候来？"

"你想什么时候来，就什么时候来。"队长打量了它一下，说，"不过，当千里马可不轻松啊！"

毛驴拍拍胸脯说："请您放心好了！我既然来了，就只会为你争光，决不会给你丢脸！"

队长点点头。毛驴当天下午就兴致勃勃地把行李搬到了千里马队。一路上，它逢人就骄傲地宣称："我加入千里马队了！"弄得满世界都知道。

千里马队的训练非常艰苦，每天天不亮就开始举行越野赛跑。谁如果掉在最后面，就要接受万米长跑处罚。第一天，毛驴受到处罚，它咬咬牙坚持下来。第二天，毛驴又受到处罚，它咬咬牙又坚持下来。到了第三天，毛驴还是掉在最后面，这次没等队长处罚，它就悄悄地卷起铺盖溜走了。

这以后，毛驴逢人就说："我把千里马队给炒了！"

山林日报记者听到这个消息，找到千里马队的队长采访："你对毛驴的话有何评论？"

队长淡淡地一笑说："这也值得评论吗？"

谦虚的驴

不管你信不信。事实就这么摆在面前，驴当了家畜的头儿。

驴头儿很谦虚，一有机会，就征求大家的意见。它说：我是很想提高自己的，大家有什么意见和建议，尽管提，我一定虚心接受。

牛对它说：你喜欢唱歌，这没有错。但是，你的嗓子实在不适合这种表演。为了让大家的耳朵清静一点儿，你能不能委屈一下自己，少唱歌，或者把音量控制控制，让空气中少点噪音。

驴头儿听了连连点头，鼓励说：说得好，说得好！

后来大家发现，驴头儿唱歌不仅没有减少，反而唱得更起劲了；音量不仅没有控制，反而放得更开了。一天到晚，大家总能听到它那让人起鸡皮疙瘩的歌声。

过了几天，驴头儿又征求意见，让大家提提，自己还有什么不足。

马对它说：你干活累了，在地上打个滚，放松放松，这没有什么可说的。但你能不能不要踢腾得那么厉害，搞得尘土飞扬，让大家的鼻孔里都黑乎乎的。

驴头儿认真地记着笔记，诚恳地说：提得对，提得对。

以后大家看到，它打滚的时候踢腾得更厉害了，而且身边伙伴越多，它踢腾得越有劲，大家连躲都躲不及。

又过了一段时间，驴头儿再次征求意见，请大家说说它还有什么需要改进的地方。

骡对它说：你分配大家拉车的时候，一窝蜂地都上。这样，既浪费资源，效果也不好，与其如此，不如根据需要，让大家轮流上阵。

驴头儿激动地站起来，大声赞许说：金玉良言！金玉良言！

过后大家发现，它无论遇到什么事，还是让大家一轰而上，好像唯有如此，才显得轰轰烈烈，气势不凡。

驴头儿仍旧很谦虚，仍旧经常征求大家的意见。但是，大家都不再说什么。驴头儿高兴地说：嘿嘿，做人还是谦虚一点好。瞧瞧，经常听取大家的意见，大家的意见不就少了？

执着的毛驴

毛驴从小就立下一个志向：当一名闻名世界的歌手。

为了实现这个目标，它训练得非常刻苦。每天早上五点钟，许多人还在梦乡里转悠呢，可毛驴已开始练声了。"啊昂——啊昂——"基本功的练习虽然十分单调，可毛驴却不厌其烦地坚持着，非常投入。

黄牛受不了这像敲破锣一样的声音，忍不住劝它说："小伙子，我看你根本就不是一个唱歌的料。还是早点改行吧！"

毛驴坚定地说："黄牛大叔，请你给我一点支持，不要打击我的积极性好吗？"

黄牛摇摇头，不说话了。

白马也直率对它说："驴小弟，根据你的自身条件，还是做点拉车、运货，或者为人代步的活儿比较合适。唱歌，绝对不适合你。"

毛驴毫不动摇地说："马大哥，你讲话怎么这么绝对呢？我们毛驴家族，祖祖辈辈就只知道拉车、运货、给人代步。咱为什么就不能改变改变这种状况，做点体面的事情，为咱们的家族争光？"

白马摇摇头，也不再说什么了。

走完了少年时代，毛驴没能成为歌手，但它毫不灰心，满怀信心地坚持着。

走完了青年时代，毛驴仍没能成为歌手，但它还是毫不灰心，满怀信心地坚持着。

走完了中年时代，毛驴还是没能成为歌手，但它依旧毫不灰心，满怀信心地坚持着。

看着看着，老年时代也快走完了，毛驴终究没能成为歌手。这时，它才开始怀疑自己的执着了："咦？人们不是说，执着是一种优良品质，它可以帮人走上成功之路么？我这一辈子够执着的啊，为什么收获的却是失败呢？"

这时，时间老人发话了："毛驴先生，如果你早点思考思考这个问题该有多好？"

☙ 一句名言 ❧

毛驴高兴的时候，喜欢放开嗓门，无所顾忌地大声歌唱："啊昂——昂——，啊昂——昂——"

毛驴的歌声奔放、高亢，很富激情，但是，人们听了却觉得难受万分，不是皱眉头就是捂耳朵，有的还要板着面孔呵斥两句："吼什么吼？难听死了！"这叫有几分歌瘾的毛驴歌手心中很是委屈："这么动听的歌儿，真可称得上是天籁之声啊，为什

么就没有知音欣赏呢！"

一天，毛驴无所事事，随意翻开一本书，书中扉页上有句名人名言："走自己的路，让别人去说吧！"毛驴歌手顿觉眼前一亮，心中有了底气。

从此，毛驴歌手只要自己高兴，就放开喉咙高唱，再也不顾忌别人的脸色和议论。

有人说它唱歌没技巧，只知道瞎吼。它听了微微一笑，对自己说："走自己的路，让别人去说吧！"

有人说听它的歌没有愉悦可言，只可用来检验人们的忍受能力。它听后嗤之以鼻，对自己说："走自己的路，让别人去说吧！"

有人说它应该找一件适合自己的事做，硬要用歌声来显示自己的才能，是缺乏自知之明的表现。它听后更是不以为然，对自己说："走自己的路，让别人去说吧！"

毛驴自我感觉良好地过了一辈子。到了晚年它才发现，自己的确不是一块做歌手的料。

"唉，名人名言并不都是真理啊！我是让那句名人名言给误导了！"毛驴这样对时间老人感叹。

时间老人纠正说："不，真理往前再迈进一步，那怕是一小步，就会变成谬误。误导你的，是你向前迈进的这一步。"

拍 荷

夏日，正是荷花盛开的季节，大花猪打算好好地拍几张凌波仙子的照片。

已是多年的摄影发烧友了，它知道，夏天拍照片的最佳时间是一早一晚，光线柔和，斜射，层次感强。等太阳爬高了，大白光，拍出来的东西就平了，没意思了。更何况大花猪长得富态，特别怕热，它便有意地避开中午出门。

一连几个早上，大花猪都来到荷塘边，它遗憾地发现，所有荷花都还是花骨朵，没有一朵绽开的。

它想，早上不开，晚上总该开吧！它又一连几个傍晚来到荷塘边，然而，一池荷花仍没有一朵绽开的。几天前看到的花朵骨，有的变成了嫩嫩的莲蓬。

大花猪暗暗称奇：有一种果子叫无花果，看不见开花，就结果子了。这些荷花大概也是类似的一种吧！花不用绽开，直接由骨朵变成莲蓬。

大花猪频频按动快门，把一朵朵花骨朵和一个个莲蓬拍了下了，声称它发现了一种由花骨朵直接变成莲蓬的荷花。

花卉报编辑收到大花猪的照片，给它发去短信说："你平时读诗吗？"

大花猪回复："我是搞摄影的，不是搞文学的，读诗干什么？"

"有两句诗你大概不知道吧：'连天荷叶无穷碧，映日荷花别样红'。"

"你是说，越是太阳厉害，荷花开得越旺？"

第二天中午，大花猪顶着大太阳来到荷塘边，一池红荷开得那么鲜，那么艳。

与运气无关

摄影发烧友大笨猪拍到一张十分难得的照片。照片上的一半画面，浓云密布，电闪雷鸣，大雨如注；另一半画面，却是艳阳高照，白云飘飘，彩虹高悬。大笨猪给它取了个名字：《道是无晴却有晴》，拿去参加草原动物摄影大展，评委评价：构图精妙，画面精美，技艺精到，立意精巧。一致同意，把大展的唯一金奖授予大笨猪。

同是摄影发烧友的小灵猴听到这个消息，酸溜溜地对一位评委说："大笨猪真有运气，这么一个千载难逢的机会，居然让它碰到了。"

那评委说："这跟运气无关。"

小灵猴反驳道："这样的机会，我没有碰到，偏偏让它碰到了，这不是运气是什么？"

评委笑了笑，问："出现这个天象的那天，你在哪儿？"

小灵猴想了想说："那天我本来在外面拍照片，看到天上黑云翻墨，霎那间大雨滂沱，赶紧跑回家了。"

评委说："据我所知，就在你往回跑的时候，大笨猪却打着一把雨伞，提着相机，顶着大雨出门去了。并且在江边大堤上一直待到雨过天晴。"

精明的猪

这是一头异常精明的猪。

它见黄牛刚拉完车，又被主人派去犁地，就在一边嘻嘻地笑了起来。

"猪先生，笑什么呢？"黄牛奋力拉着犁，不解地问。

猪双臂交叉抱在胸前，轻蔑地说："你这么卖力死干，真是傻到底了！"

黄牛喘了一口气，脚步没停："那你说应该怎么办？"

"你瞧我，多舒坦啊！这十足是善用智慧的结果。"猪悠闲地踮起一只脚，轻轻地抖着。

"啊！您是怎么运用智慧的呢？"黄牛继续拉着犁，油黑的土壤在它身后像波浪一样翻滚。

"比如，主人让我拖地，我故意拖得不干不净，污痕一道一

道的。主人说声'笨'，从此就不让我拖地了。"

"后来呢？"

"后来么，主人又让我洗碗，我故意装成粗心大意的样儿，今天打碎一个汤勺，明天打破一个碟子，后来干脆连主人最心爱的一个碗也给打碎了……"

"难道主人就不处罚你？"

"处罚啊，咋不处罚？他狠狠地抽了我几棍子，抽得我脊梁上出现了几道血痕。但是，从此以后，就不让我洗碗了。第二天，改派我去看门。"

"这回，你应该好好干了！"

"好好干？我有那么傻！如果干得好，他就会让我一直干下去。我暗地里使着心眼儿，没有人的时候，我放开嗓子大吼大叫；真有小偷来了，我却假装没有看见。没有几天，主人就不让我再看门了。"

"以后，主人还让你干其他事吗？"

"干啊，干得可多呢！像送信啊，牧羊啊，挤牛奶啊，剪兔毛啊等等，每件事我都故意笨手笨脚，干出岔子。到现在，主人什么事都不让我干了！"

黄牛抬起头瞄了猪一眼："啊，我明白了。"

"谢天谢地，你终于明白了我的智慧！"猪得意洋洋。

黄牛说："我终于明白了你为什么会是一头猪！"

路　遇

　　小羊正在一条不宽也不窄的路上匆匆走着，迎面匆匆走来另一只羊。小羊赶紧往一边让，没想那只羊也往这边让；小羊侧身让到另一边，没想到对方也让到了另一边；如此重复了两三次，小羊有点恼火了："你是成心捣乱还是怎的？我好心好意给你让路，你怎么老是挡在我面前？"

　　这劈头盖脑的一番指责，把对方也惹火了："见你走过来，我赶紧给你让路，你却挡在我面前，怎么说我捣乱？"

　　"但是，我立即就让到另一边啊！你为什么又挡在我前面？"

　　"我是见你挡住了我，再次给你让路哇，你为什么要转过来挡住我？"

　　两个你一句，我一句，越吵火气越大，要不是喜鹊及时赶来劝解，说不定它俩要动手了。

　　"这是为了啥呢？"在回家的路上，小羊边走边想，"人家也许真和自己一样，好心好意地一次又一次让路呢？"不禁有几分后悔。

　　过了几天，小羊刚巧又和那只羊相遇了，而且更巧的是，跟上回同样的一幕又发生了。这回，小羊抢先说："对不起，挡住您的路了。"

起初，对方还有愠色，见小羊一脸的歉意，立即也露出抱歉的笑："是我挡住你了，对不起。"

两双手握在了一起。

喜鹊在一旁拍着翅膀笑了："待人接物，态度很重要。同样一件事，态度不同，结果也不同啊！"

歪背《春晓》

语文课本上有篇课文，是唐代诗人孟浩然的名作《春晓》，一天，灵灵猴突来灵感，把《春晓》的后两句改了，一些同学听了，觉得很好玩，纷纷跟着学，一时间学校里兴起一股乱改课文的风气，这引起了山羊老师的注意。

一天，山羊老师要考考同学们。它先要求胖胖猪把《春晓》背一遍。胖胖猪站起来，摸了摸胖胖的肚子，两眼望着天花板，一边想一边背："春眠不觉晓，处处闻啼鸟，早上……早上要吃饱，晚上……晚上要吃好。"

同学们"哄"地一下笑起来。

山羊老师捂着嘴，忍住笑，指了指灵灵猴说："你来背背。"

灵灵猴站起来，挠挠脖子，胸有成竹地背道："春眠不觉晓，处处闻啼鸟……只要成绩好，妈妈就不吵。"

同学们笑得更响了。山羊老师终于忍不住，也跟大家一起大笑。

"乖乖兔，请你背背这首诗好吧！"

经过刚才一阵折腾，乖乖兔心中早就没底了，它慢慢站起来，背了前两句，到第三句时停住了，犹犹豫豫，吞吞吐吐。旁边有个同学扯扯它的衣角，悄悄地提示："夜，夜……"，乖乖兔脑瓜里一闪，脱口而出，"春眠不觉晓，处处闻啼鸟，夜里点蚊香，蚊子不会咬。"

同学们简直笑翻了天。

等大家笑够了，安静了，山羊老师举起一朵花说："同学们，这朵花美丽不美丽？"

同学们都回答："美丽！"

山羊老师又问："它好看不好看？"

同学们回答："好看！"

山羊老师捏着花柄转了转说："这朵花之所以美丽、好看，是因为它是由一片片美丽的花瓣组合而成的。我们能不能为了好玩，把它的几个花瓣摘下来，随意贴上几片烂树叶或破纸片呢？"

同学们一起摇头。

山羊老师停了停，一个字一个字地说："优秀的文学作品就像这朵花，是不能随便乱改乱动的。否则，我们就把美丽破坏了。同学们，希望大家记住今天这节课。"

过马路

　　一群小朋友来到马路边，刚好红灯亮了，大家立即停了下来。

　　几只小羊伸长脖子朝左右望了望，见暂时没有车经过，互相做了个鬼脸，一窝蜂地跑了过去。

　　两只小猪见小羊过去了，也跟在后面，快步穿过了马路。

　　小狗见大家都过去了，乘一辆车还没有驶到眼前的机会，也飞跑着到了对面。

　　只有小兔古利特还静静地站在马路边。

　　小猫笑它说："你真胆小，还在这儿守什么呢？"

　　"我们应该坚守自觉遵守交通秩序的好习惯。瞧，绿灯还没有亮呢！"古利特轻轻地说。

水獭和山羊

　　水塘里住着一只水獭。在水塘附近，住着一只山羊。水獭和山羊都很爱干净，它们每天都要把自己居住的地方打扫一遍。

为了图方便，山羊经常偷偷地把垃圾扫到水塘里。水獭很生气，也偷偷地把从水塘里打捞出来的垃圾堆到岸上……两个你来我往，它们居住的地方总是有垃圾，既不卫生，看了也不顺眼。

一次，山羊正偷偷地把垃圾往水塘里扫，恰巧被水獭看见了，它立即指责说："你这不讲道德的家伙，怎么做这种不光彩的事呢？"

山羊立即反唇相讥："还是好好地检讨一下自己吧！请不要贼喊捉贼。"

两个越吵越凶，差点打了起来。

"改变不了别人，就改变自己吧！"一天，水獭想。

它把收集起来的垃圾搬到山沟里埋了起来，不再往岸上堆。一连一个星期，它都这样做。

山羊见了，不好意思起来，它也开始把打扫的垃圾运进山沟埋起来，不再往水塘里扫。

从此，它们居住的地方变得干干净净了。

小猫的尾巴

小猫无聊地躺在地上，屁股后那根又长又粗的尾巴却左摇右摆地舞动着，它看了很生气："我没有伙伴玩，它却在那

里悠闲自得哩！看来得惩罚惩罚这家伙！"，想到这儿，它跳起来，扭过头，转着圈子，打算把尾巴抓住。但是，那尾巴好像很狡猾，它转的慢，尾巴也转的慢；它转的快，尾巴也转的快，始终只差那么一点点，让它够不着。小猫折转身，换成相反的方向转着追，追了半天，还是抓不着尾巴。这让它非常恼火，继而忽左忽右地加速追，只到把头都转晕了，仍旧没有把尾巴抓住。

小猫又累又气又委屈，不由得泪水都流出来了。

妈妈见小猫泪水涟涟的，问："孩子，怎么啦！"

小猫揉了揉眼泪说："这尾巴好讨厌！我想惩罚它，追了半天，它就是不肯让我抓住！"

"它也许是在逗你玩哩！"妈妈说，"今天，你不是找不到小伙伴玩吗？你就把尾巴当成小伙伴，跟它一起玩吧。"

小猫听了妈妈的话，站起来跟尾巴玩捉迷藏。

小猫瞪着眼睛，盯着尾巴，尾巴静静地躺着，只有尾巴尖在轻轻地摇晃，好像在挑逗它：你来呀，你来呀。小猫突然跳起来扑过去，尾巴却机灵地逃跑了。小猫一会儿停，一会儿跑，一会儿左，一会儿右，一心想抓住尾巴，但尾巴机灵极了，它总是比小猫快一步，让小猫抓不着。这一天，小猫和尾巴玩得开心极了，它忽然发现，这尾巴居然这么可爱。

妈妈说："明白了吗？当你想惩罚别人时，自己也会受到惩罚；而当你给别人快乐时，自己也会得到快乐。"

从此后，只要小猫感到孤独的时候，就转着身子追尾巴玩。尾巴成了它最忠实最可靠的朋友。

小猫扑球

大年初一，猫妈妈拿出一个皮球，对三个孩子说："大毛二毛三毛，这是一只'老鼠'，你们都去抓，看谁抓得稳、准、狠！"

三兄弟听了，同声说："好！"

妈妈把皮球往地上一丢，三兄弟争先恐后地去抢。大家吵着嚷着，跳着蹦着，玩得十分开心。可是时间一长，大毛二毛就感到没意思了，脚步惭惭地慢了下来，最后，干脆躺在地上，看到皮球到处滚，也懒得动一动。只有三毛还要多扑上十下才肯休息。

一天是这样，两天是这样，一年三百六十五天，天天都这样。

腊月三十，妈妈说："孩子们，咱们再来开展一次抓老鼠比赛好吗！这次可是只真老鼠啊！"

"呀，真老鼠！"三兄弟都很兴奋，一个个摩拳擦掌："快开始吧！"

妈妈把老鼠往地上一放，老鼠出溜一下就跑了，三兄弟跟在后面就追。最后，三毛抓住了这只老鼠。

大毛二毛噘着嘴巴说："比起我们来，三毛每天不就是多扑了那十下吗！"

妈妈说："孩子们，可别小看了这'十下'。你们的差距，就在这'十下'上。"

猫王的指标

猫们很勤劳，每天都要捉一两只老鼠，从不懈怠。

新猫王上任，对猫们的捉鼠成绩十分不满。它提出要"弯道超越""跨越式发展""大幅度提高捉鼠数量"。否则，一定要重重处罚。

猫们都紧张起来，不久，每天的捉鼠数就增加到三只。

"这是'弯道超越'吗？"新猫王吹着胡子问。

猫们经过努力，捉鼠数量每天上升到五只。

"这是'跨越式发展'么？"新猫王仍是不满。

猫们被逼得无奈，开始弄虚作假，把亲戚朋友们捉的老鼠都弄到自己的名下凑数，每天捉鼠数量激增到十只。

猫王把桌子拍得咚咚响，怒气冲冲地说："太少了，太少了！每天每只猫必须捉一百只老鼠！"

这家伙肯定得了疯牛病。猫们议论纷纷，反而不着急了。因为，这是一个谁都无法达到的指标！

猫鼠交友

有只小猫浑身雪白，聪明伶俐，很得主人欢喜.

主人的家住在五楼，小猫用不着抓老鼠，也没有老鼠可抓，它的任务就是逗着主人玩或者让主人逗着玩。比如，躺在主人怀里打呼噜，在主人的裤腿上蹭痒痒，为主人叼去一只鞋或者一条手绢，仰面朝天地躺在地上玩主人的毛线团等等。

主人每次下班回家，总要为它带回来好吃的东西，有时是一条鱼，有时是一块猪肝。有一次，主人专门为它买回来一只小白鼠，好让它尝尝鼠肉的味道，

谁知道，当主人把装小白鼠的笼子打开以后，小猫不仅没有一点品尝鼠肉的意思，反倒和小白鼠玩开了。它们一会儿相互追逐，一会儿搂在一块打滚，吱吱吱、喵喵喵地叫着闹着，好像是多年不见的老朋友。

看到这种情景，主人惊讶得半天都合不拢嘴，喃喃地说："我买老鼠回来是给你吃的，你怎么和它成了朋友呢？"

小猫停止了玩耍，把小白鼠搂在怀里说："你下班后和我玩，你上班了我和谁玩？"

地上的金鱼缸

几只猫合租一间屋子。

一天，不知哪个马大哈给金鱼缸换完水后，忘了放回窗台，任由它摆在地上。黑猫看见了，十分不满地说："这地上是摆金鱼缸的地方吗？谁要是不小心绊着了，这鱼缸准会被踢得稀碎！"

黄猫看见了，大发感慨说："金鱼缸怎么能放在地上呢？这不是不想让它囫囵了吗！"

白猫看见了，气鼓鼓地说："不负责任，严重的不负责任！我看这金鱼缸非要给打破不可！"

它们都这么说着，谁也没有动手把金鱼缸放回窗台去。

没过两天，两只小猫在屋子里嬉戏打闹，"咣当"一声响，金鱼缸被绊倒，打得粉碎，水洒了一地，玻璃片到处都是，几只金鱼在地上绝望地蹦跳着。

黑猫看了说："我早就说过，这地上不是放金鱼缸的地方！"

黄猫看了说："果然不幸言中，这金鱼再也不得囫囵了！"

"不负责任，必然会酿出祸端，"白猫说完这句话，又补充一句，"这满地的碎玻璃不清扫干净，肯定还会出事的！"

不知道这回有谁会动动手清扫玻璃片。

投 篮

小兔古利特有一个小篮球，它的弟弟利特古也有一个小篮球。它俩一起玩投篮游戏。

爸爸给它俩买的球篮都是活动的，可以升高，也可以降低。

古利特开始投球的时候，把球篮降得比较低，它耐心地一次又一次地投着，等能把十个球全投进时，就把球篮升高一点。接着，它继续耐心地投，等又能十球全中时，就把球篮再升高一点。接着再耐心地投……

利特古一开始就把球篮升得很高。几个球投不进去，它就不耐烦了，把球篮降低一点；接着再投，看看投不进去，它又不耐烦了，把球篮再降低一点……

过了一段时间，爸爸来看它俩投球，古利特已能够投很高的球篮了，利特古却还在很低的球篮上投球。

许多事情都是这样：方法不同，结果也不同。

小兔伤心

森林里评选"动物之最"，项目有：谁的体型最大，谁的脖子最长，谁的尾巴最粗，谁的嘴巴最弯，谁的眼睛最亮等等，末尾还有一项：谁的耳朵最长。

与自己的体型相比，小兔的耳朵最长，这是大家都公认的。但是，评选结果公布，它却只得了一票。

狐狸最先跑来说："这一票是我投的。如果不把这一票投给你，就没有良心可言了！"

不一会儿，灰狼也过来说："这一票是我投的，如果不把这一票投给你，这评选就太不公正了！"

又过了一会儿，野驴也走来说："这一票是我投的，如果不把这一票投给你，森林里哪还有什么公道？"

接着，虎、豹、熊、罴先后前来给小兔说，那一票是自己投的，并对小兔的落选表示不平和愤慨。

动物们离开后，小兔一屁股坐在地上，"哇"地大哭起来。

蝴蝶劝它说："评选这之最，那之最，不就是给一个荣誉吗？何必看那么重？"

小兔说："但是，我得看重自己生活的环境啊！我的周围，怎么就没一个讲真话呢？"

蝴蝶说："你怎么能断定它们都是说假话？"

小兔说："我得的那一张票，是我自己投的啊！"

兔子不吃窝边草

兔妈妈选择一个野草茂密的地方，深深地挖了一个洞，然后，在里面生了一窝小兔子。小兔子长大了，兔妈妈把它们带出洞，准备让它们学会吃草。

小兔子第一次出洞，见了洞口那些茂密的青草，张口就要吃，兔妈妈连忙拦住说："宝贝们，咱们家族有个规矩：'不吃窝边草'。如果把这些草吃掉了，我们的家就会暴露在敌人的眼皮底下。宝贝们，咱到别处去吃吧。"说着，就带着小兔子离开了洞口。

也许是因为担心小兔子还小，离开洞口太远有危险，兔妈妈和儿女们吃草的地方，就选择在洞口的周围。这些小兔子的胃口很好，每天都要把一片地方的草啃光。没过多久，除了洞口那一圈草还原封不动以外，周围的草地被它们啃得像癞痢头一样。

有只老兔子提醒说："你们应该到远一点的地方去吃草啊，把窝附近弄成这样，会误事的！"

兔妈妈指着洞口说："请你放心好了，窝边的草，我们一点

也没有动。"

又过了一些日子，附近的草几乎都被吃光了，洞口那丛没有动过的草，长在那里分外醒目。狡猾的狐狸看了笑道："兔子不吃窝边草，这丛没有被吃的草里，一定有个兔子的窝。"

趁兔妈妈又一次带小兔子出来吃草时，狐狸轻而易举地抓住了它们。

偷　袭

一只黄鼠狼吃腻了老鼠和小鸟，就想找找刺激，尝尝大个儿动物的肉，看看是什么味道。另一只黄鼠狼劝它说，别玩火，小心烧伤了自己。这只黄鼠狼自负地笑笑：我绝对会成功！你看着吧。

湖边的草丛中站着一只苍鹭，大概是让鱼填饱了肚子，缩着脖子在那儿打盹。那只想尝大个儿动物肉的黄鼠狼想，这家伙成天吃荤，它的肉一定很好吃。可是，苍鹭的个头儿那么大，无论是身高，还是体重，都超过自己好几倍，怎么才能战胜它？这只黄狼鼠的小眼珠滴溜溜地转了几圈，一个妙计冒上心头：以小搏大，不能蛮拼，只能智取。只要突然发动袭击，把苍鹭的大嘴巴牢牢咬住，让它既不能进攻，又无法呼吸，不要多久，它就会因窒息乖乖地投降。到那时，再一口咬断它的喉咙，这个庞然大物就成为我的美餐了。

主意打定，这只黄鼠狼攒足力气，突然跃起，以闪电般地速度一口咬住了苍鹭的长嘴。苍鹭被这突然袭击惊醒了，发现吊在嘴巴上的黄鼠狼，非常愤怒，开始使劲左右不停地摇晃嘴巴，想把这阴险的家伙甩掉。但黄鼠狼死死咬住，就是不肯松口，苍鹭渐渐感到出气困难。黄鼠狼暗喜：嘻，这大个子今天必死无疑！

没料到苍鹭迈开长腿，不慌不忙地向湖中走去。走到深水处，一低头把黄鼠狼闷在了水中。黄鼠狼徒劳地挣扎了一会儿，伸伸腿，就一命呜呼了。

另一只黄鼠狼捶着大腿说：瞧，丢命了吧，这就是不自量力的结果。

第三辑

百灵退赛

林子里的鸟

林子里栖息着各种各样的鸟，它们有的凶猛，有的温柔，有的强大，有的弱小，有的狡猾，有的憨厚，有的漂亮，有的寒酸……然而，它们都以各自的方式生活着。

一天，苦哇鸟、喜鹊和小山雀遇到一起。聊了一会天，就聊到各自的处世之道和心情上。

苦哇鸟长长地叹了一口气说："人比人，气死人。这老天也太不公平了，为什么它要给雄鹰强健的翅膀、锐利的嘴和爪？为什么它要给孔雀漂亮的羽毛？为什么它要给夜莺嘹亮的歌喉？而对我，却什么也不给，这不明明是对一个厚，对一个薄，把一个搂到怀里，把另一个推到崖里么？我的命不好，苦哇——"说着说着，眼泪就流了下来。

苦哇鸟的话声还没有落地，快嘴喜鹊就抢着说："这就是你的不对了。要想生活得快活，就不能像你那样，尽拿自己的短处跟别人的长处比，把自己比得灰溜溜的。我觉得，我虽然没有雄鹰那样的翅膀、嘴和爪，但是我的模样温和而优雅，所以，就没有它那好斗的恶名，而被人们看成吉祥的象征。我虽然没有孔雀那么华丽的衣裳，黑加白的礼服显得有点平平淡淡。但正因为如此，我也就不用像孔雀那样时时刻刻都担惊受怕，躲在深山老林中，生怕被被人捉去关在笼子里，像判了终生监禁一样，一辈子也出不来。我随随便便就可以在人家房前屋后找棵树，搭个窝，在里面生儿育女，谁也不会来伤害我们。它能享受这个自由么？我虽然唱不出夜莺那样婉转悦耳的歌儿，但是，它只敢夜晚出来歌唱，白天从来不敢见人。而我，想什么时候叫就什么时候叫，'喳喳'胡吼几声，人们就喜不自禁，觉得有喜事临门……在这个世界生活呀，别人谁也不会给你乐子的！要想得到快乐呀，只有自己给自己找！瞧我，整天快快乐乐的，多滋润！"

在喜鹊和苦哇鸟说话的时候，小山雀一直在灌木丛中跳来跳去。寻找虫子、蛾子，吃得津津有味。

苦哇鸟又叫了一声"苦哇——"，愁眉苦脸地对小山雀说："小兄弟，对这个世界，你是怎么看的？你是像我这样，愚蠢地用自己的短处比别人的长处呢，还是像喜鹊小姐那样，能够智慧地拿自己的长处，去比别人的短处？"

小山雀咽下一条肥肥的肉虫，从灌木丛中钻出来，翘了翘尾巴说："我呀，从来不跟别人比，只跟自己比。今天我比昨天多捉了几条虫子，所以，我快乐！"

刻苦的雄鹰

雄鹰的飞行技术在鸟类中是出类拔萃的，但是，它却仍旧一点儿也不懈怠地坚持练习飞行，就是下雨天也不肯中断。

每天一大早，雄鹰就飞出自己的窝，拍打着翅膀冲向蓝天，一会儿平伸双翼在白云间盘旋，一会儿收拢双翅箭一般向地面俯冲，一会儿瞄准目标奋力追击，一会儿迎着狂风顽强飞翔……这些动作做起来十分枯燥，但是它却认真地一遍又一遍地重复练习，丝毫不感到厌烦。

乌鸦有些迷惑不解，"哇哇"地清了清嗓子，问雄鹰说："你已经是一个人人共知的飞行天才了，干吗还要这么刻苦呢？"

雄鹰回答说："我们雄鹰家族有一条家训：世界上没有不刻苦的天才。"

孔雀和它的邻居

世间有些事是不以人的意志为转移的。孔雀周围的邻居偏偏是一群乌鸦。尽管它心里一百二十个不乐意。但仍无可奈何地接受了这一事实。

这群乌鸦特别喜欢说三道四，搬弄是非，孔雀和它们根本没有共同语言，平时见了，最多也就是点点头，虚伪应酬一下。

没事的时候，孔雀抖开自己的尾羽，那五彩缤纷的颜色顿时耀明了森林。

孔雀这样做，不过是想明亮了一下自己的心情，同时，也让美丽的尾羽吹吹风，晾一晾，免得让一些讨厌的虫子钻进去，把它蛀坏了。

每当这个时候，周围的乌鸦都同时闭上了眼睛，故意不看；

或者一起转过身去，把屁股对着它，表示对它的不屑一顾。

百灵鸟忿忿地对孔雀说："这群可恶的家伙也真太气人了。这么美丽的尾屏。它们不想看倒也罢了，一个个摆出不共戴天的架式，这不是故意埋汰人么？只要有它们在，你今后就不要再打开尾屏了，免得受这帮家伙的气！"

孔雀一笑，说："兄弟，我打开尾屏，全是为了自己高兴。别人是什么态度，与我有什么关系？我是不会因它们的态度，弄坏自己心情的！"

圈 子

一颗天鹅蛋被调皮的孩子捡起来，放进正在孵小鸡的鸡窝里。一段日子后，一只小天鹅和一群小鸡先后从蛋壳里钻出来。

小天鹅渐渐长大，褪去儿时灰色的绒毛，换上一身洁白的服装，站在鸡群中，亭亭玉立，显得挺拔潇洒，不同凡响。

人们看了都称赞说："真是'鹤立鸡群'啊！这只天鹅将来一定会成为一名出色的飞行家。"

俗子却不以为然，说："那要看它能不能走出鸡群。"

这只白天鹅没有走出鸡群。每天，它和鸡伙伴们一起在草丛中找虫子，在灰窝里刨谷子；兴致高涨的时候，跟大家一起拍打着翅膀，飞上菜地边的栅栏，伸长脖了，唱几句信天游。

这只白天鹅一直都这样生活着。徜徉在比它矮许多、模样根本无法与它相比的群鸡中，一次又一次地领受着"鹤立鸡群"的赞美，它感觉很满足，很得意，很有成就感。

"这不是一只白天鹅吗，为什么它不向往蓝天？"有人问俗子。

俗子说："一个人的眼光、心胸，取决于它生活的圈子。这只白天鹅只满足于'鹤立鸡群'，怎么能有大的作为呢？"

小雁学飞

小雁渐渐长大了，妈妈开始带着它学飞。

练习飞行，真不是一件轻松的事，从起飞、升空，到飞翔、降落，每个环节，都需要付出很多力气。

大雁妈妈教得很耐心，在生活上对小雁照顾也很周到。小雁不会的动作，它反复地教；小雁出了错，它手把手地纠正；小雁累了，它让它休息休息。像吃呀喝呀，它都满足小雁的需要。但是，在训练标准上，却要求很严很严。小雁的动作只要有一点点没做到位，它就紧紧地抓住不放，一次又一次，让小雁重做，直到符合要求为止。

几天下来，小雁感到浑身都难受。脖子、胸部、腹部、翅膀、双腿，甚至连尾巴梢都是酸酸的，僵僵的，疼疼的。它的眼里总是含着泪水。

"妈妈，我不想练了！"小雁带着哭声请求说。

"绝对不行。你必须练下去！"大雁妈妈态度非常坚决。

"我少练一会儿行么？"小雁的眼眶里泪花在打转。

"绝对不可能，规定的训练时间和训练任务，一点儿也不能打折扣！"大雁妈妈毫不心软。

小雁"哇"地一声哭了，哭得好伤心好伤心。

麻雀扯扯大雁妈妈的衣角，在它耳边悄悄地说："瞧，你把孩子逼成啥样了？难道就不能将就点儿？"

大雁妈妈说："我要是从小将就它，让它养成将就的习气，等它长大了加入大雁的队伍，谁还会将就它？我现在这样严格要求，就是要让它在学本领的同时，彻底打消'将就'的念头。如果让这粒不好的种子在心中扎了根，那它以后的日子就不好过了！"

猫头鹰的收藏

草原上没有树，猫头鹰妈妈把家安在一个地洞里。春天，它在洞里孵了一群小宝宝。

小家伙们长得很快，食量很大，猫头鹰妈妈每天都起早贪黑找吃的，除了老鼠、蜥蜴、蟋蟀、蚂蚱之类外，有时还会带回干牛粪，宝贝似地一块挨一块地摆在地洞里

小猫头鹰们七嘴八舌地问：

"妈妈，这东西既不能吃，又不能喝，要它有什么用？"

"妈妈，这东西不好看，也不好闻，摆在家里干什么？"

"妈妈,这东西是好肥料,庄稼人喜欢它。可对咱们没用处呀!"

"妈妈,这东西晒干了可以当柴烧,但咱们家并不生火啊!"

"妈妈,我看这些东西纯属废物,扔出去算了,免得占地方!"

猫头鹰妈妈连忙拦住说:"孩子们,让它留在那儿吧。世间的东西都有用。"

过了一段时间,老天连续下雨,猫头鹰妈妈无法到外面抓猎物,吃的东西一下子紧缺起来。

"妈妈,我的肚子好饿啊!"小猫头鹰可怜巴巴地对妈妈说。

猫头鹰妈妈把孩子们领到干牛粪边,对它们说:"孩子们,吃吧。"

"吃牛粪?妈妈,你开玩笑吧!"小猫头鹰们直嚷嚷。

猫头鹰妈妈笑了:"孩子们,谁叫你们吃牛粪啊!你们把牛粪块翻开看看。"

小猫头鹰们疑疑惑惑地把干牛粪翻开,呀,下面好多肉虫在爬。小猫头鹰高兴极了,你争我抢地吃起来。

见大家把肚子把填饱了,猫头鹰妈妈说:"现在你们该明白了吗?所谓废物,其实是我们没有发现它的用处的东西。"

啄木鸟评鸟

啄木鸟捉虫子的本领实在太厉害了。一对啄木鸟,每天可以吃掉3000多条虫子。把13公顷的森林交给它们,一个冬天,它们就可以把百分之九十以上的吉丁虫和百分之八十以上的天牛干掉。

也许是因为自己的贡献太大了，啄木鸟看其它鸟，总觉得不顺眼。

它评价黎明鸟说：这小东西每天早上叽叽啾啾，太吵人了，影响大家休息。

它议论燕子说：有个地方住就行了，每天飞来飞去地衔泥巴，多没意思！

乌鸦喜欢吃腐烂的东西，啄木鸟更是瞧不起，讥讽说：真是穷疯了，专吃这肮脏的东西，恶心！

至于小麻雀，那更不放在它的眼里了。见了就大声呵斥：一天到晚蹦蹦跳跳，咋就不干点实事呢？

一天，大雁博士告诉它：黎明鸟每天早上不停地叫，那是为了唤醒大家，早点起床，不要睡懒觉；燕子衔泥做巢，是为了养育更多的小燕子，捉更多的害虫；乌鸦吃腐肉，可以清洁环境，防止疾病流行；小麻雀虽然不起眼，但它们在养育小鸟期间，每天要捕捉很多虫子。

啄木鸟翻了大雁一眼，不高兴地问："你说这些话是什么意思？"

大雁博士说："我只是想提醒你，在肯定自己劳动价值的时候，不要否定别人劳动的意义。"

会做诗的鸟儿

天气好，运气好，几个鸟儿没费多少力气，就捉到许多虫子。肚子饱了，心情也好，三三两两蹲在树枝上，一边清理着羽毛，一起轻松地聊着天。

"人们不仅会说话，还会作诗，真羡慕他们。"喜鹊说。

"是啊，如果我们也会做诗，咱们现在就可以举行一个诗歌朗诵会，不至于在这里有盐无油地说闲话了！"麻雀说。

"作诗哪那么容易？你想得也太简单了！"燕子说。

"就是，鸟儿如果也会作诗，那不也变成人了？"百灵说。

"依我看，作诗一点儿也不难，"鹦鹉轻飘飘地抛了一句说："我试过，非常非常容易！"

喜鹊瞪大了眼睛问："你作几首给我们听听！"

"床前太阳光，不是地上霜，举头望太阳，低头思故乡。"鹦鹉摇头晃脑地吟了一首。

鸟们听了，哈哈大笑。

"冬眠不觉晓，处处无啼鸟，夜来一阵风，雪落知多少？"鹦鹉又抑扬顿挫地咏了一首。

鸟儿们笑成了一团。

"放牛日当午，汗滴脚下土，谁知盘中肉，块块皆辛苦。"

鸟儿们笑得又跺脚，又揉肚子，百灵干脆躺在地上打起滚来。

"笑什么？这难道不是诗？"鹦鹉又羞又恼。

"是诗啊，谁说不是呢？你的诗内涵实在太丰富了，教我们懂得了好多东西！"喜鹊说。

"啊！这还差不多。说说，它教你们懂得了什么？"鹦鹉转怒为喜，笑上眉梢。

燕子说："它教我们懂得了什么是浅薄。"

百灵说："它教我们懂得了什么叫无知。"

麻雀故意把声音拖得老长老长："它教我们懂得了，平——庸——是——怎——样——产——生——的！"

花喜鹊听意见

花喜鹊当上了"喳喳"合唱团团长。干了一段时间，它突然想起一件事：既然是领导，就应该发扬民主作风，听听大家的意见啊。

于是，它把全体团员召集起来，让大家给它提意见。

快嘴喜鹊第一个站起来说："团长的工作积极性很高，但这也想抓，那也想抓，平均使用力量，效果不理想。建议突出重点，科学安排！"

长尾喜鹊点点了长尾巴说："团长工作很辛苦，但是要注意

发挥集体的力量，一个人单打独头，终究不如众人捧柴。"

大眼喜鹊眨了眨大眼睛说："团长一心想把工作做好，精神可佳。只是抓工作得抓到点子上；如果不在点儿上，功夫下得再多也没有用。"

……

大家见团长认真地听着，记着，发言很踊跃，噼里啪啦说了一大堆意见。花喜鹊谦虚地说："大家的意见十分宝贵，我一定认真消化，认真吸收。"

事后喜鹊们发现，团长该怎么做还是怎么做，大家提的建议，仿佛都成了耳边风。而且有人还注意到，团长在QQ"说说"里说：有人想看我的笑话。有人有忌妒心，有人不怀好意……不禁都有些意外。

过了一段时间，花喜鹊又召开民主生活会，让大家提意见。这次，除了快嘴喜鹊、长尾喜鹊和大眼喜鹊等几个积极分子外，大家都不吭声了

会后人们发现，团长对几个爱提意见的喜鹊，有点不待见了。团里有什么活动，常常不再通知它们。

又过了一段时间，花喜鹊再召开会议，大家就都不说话了。它布置工作后征求意见，大家都随声附和，一片叫好声。

花喜鹊得意问快嘴喜鹊："我让大家提意见，大家怎么都不提了呢？"

快嘴喜鹊弦外有音地说："那是因为你的民主作风太好了，大家已经提不出什么意见了！"

森林评论家

在森林里，喜鹊是数一数二的大牌评论家。据说，森林里的鸟，如果得不到它的评论，想要出名可能性极小。而那些大红大紫的鸟明星，十有八九都是因了它的评论，才得以名扬天下。喜鹊走到哪里，都风光八面；森林的鸟儿见了它，无不毕恭毕敬。

黎明鸟是喜鹊的铁杆"粉丝"，它一心想学习自己的偶像，也成为一位评论家，所以，从早到晚都跟在喜鹊的屁股后头，像个跟屁虫似的。

一天，见乌鸦站在树枝上唱歌，黎明鸟对喜鹊说："老师，有人说乌鸦的嗓子很有特色，你有何评价？"

"只有愚蠢的人才会这样认为。"喜鹊撇撇嘴说，"乌鸦那破嗓子哪叫嗓子？简单就是一根破竹竿！它唱歌哪叫唱歌？简直就是敲打破竹竿……"

有天傍晚，黎明鸟发现乌鸦偷偷送给了喜鹊一块又大又鲜的猪肉。喜鹊收下后，没过两天，喜鹊就在《森林百鸟报》上发表了一篇长篇评论，竭力称赞乌鸦的嗓子不凡。它写道：乌鸦的嗓子，是用特殊材料制成的，具有这种嗓子的歌手，森林几千年，世界几百年才能出现一个。用这种嗓子唱出的歌声，完全是来自外星的天籁之音。如果谁认为这样的歌声不好听，那么，它不是

白痴就是蠢蛋……

看了这篇文章，黎明鸟愣了：仅仅为了一点小利，便不惜出卖自己的灵魂，这样的货色也配称评论家吗？

喜鹊在黎明鸟心目中的形象，一下子坍塌了。

乌鸦错在哪儿

许多年轻人都有一个梦想——当歌唱家。乌鸦也不例外。当歌唱家多风光啊！梦幻般的灯光，滚雷般的音乐，暴风雨般的掌声，大群大群惊叫的粉丝……嘿！想想都让人激动。

百鸟举行新歌手选拔赛。乌鸦觉得，这可是一个千载难逢的机会，于是也兴冲冲地跑去凑热闹。不让它上场，它非要上去演唱几首不可。舞台监督上前劝阻，它又蹦又跳，又吵又闹，差点跟人家打起来。大家没办法只好让它登台。

这一唱不打紧，乌鸦真的一举成名啦！它刚开口唱了两句，观众就又奉送口哨，又是馈赠倒彩，"下去！下去！"的喊声犹如山呼海啸一般，几个空矿泉水瓶子，差点砸在它的身上。

演唱会结束后，乌鸦伤心地找到凤凰说："啊，请您给评评理吧！父母给了我这样一副嗓子，这难道是我的错吗？大家居然当众羞辱我。太让人气愤！太让人悲伤！太让人难以接受啦！"

"擦擦眼泪吧。"凤凰递给它一条纸巾，又倒给它一杯冷开水，说，"乌鸦小姐，有一副什么样的嗓子，这的确不是你的错。但是，既然嗓子是这样，还非要上台演唱，有这个结果到底该怪谁呢？"

遍地金黄

油菜青青。

春姑娘拿来一支彩笔，轻轻一抹，嫩绿上面顿时出现一片金黄，好似一幅巨画，从眼前一直铺到天边。

再仔细看看，那画中藏着数不清的油菜花，就像一个个顽皮的小姑娘，在春风中舞蹈，歌唱，使空气中飘荡着无声的欢笑。

一只乌鸦对另一只乌鸦说："三个女人一台戏，这下好了，这么多女人在一起，一定会有好戏看的！"

另一只乌鸦应声附和："是的，是的，她们一定会吵翻天的。"

"弄不好，她们还会打起来，你揪我的头发，我抓你的脸皮！"

"说不定还会酿成一场骚乱呢！"

"呃，咱们就等着瞧吧！"

整个春天，遍地金黄，一派和谐。

两只乌鸦失望地说："唉，这个季节，真没意思！"

乌鸦的独特

"哇——哇——"乌鸦只要一得意，就忘形地大声歌唱，不管别人爱听不爱听。

森林里举行歌手大赛，要求参赛者必须个性鲜明，风格独特。乌鸦满怀信心地参加了，却被毫不留情地淘汰了。

它很不服气，对邻居喜鹊说："气死我啦！这评比太不公正了！"

喜鹊劝它说："生那么大的气为什么啊！"

乌鸦义愤填膺地说："它不是说参赛选手要个性鲜明，风格独特么？我这歌声，百灵唱得出么？黄鹂唱得出么？夜莺唱得出么？金丝鸟唱得出么？雄鹰、大雁、还有……"

喜鹊连忙打断它的话，说："所有鸟都唱不出。"

乌鸦慷慨激昂地说："这么多歌手都唱不出我这种风格，难道还不鲜明，还不独特？"

喜鹊说："的确够鲜明，的确够独特。"

乌鸦以为找到了知音，又说："既然我的个性鲜明，风格独特，为什么它们要淘汰我？您给评评理。"

喜鹊慢悠悠地说："但是，唱歌是门艺术。你那个性和风格，是艺术吗？"

"你、你、你⋯⋯"乌鸦一时语塞，憋了个大红脸。

乌鸦的歌声

乌鸦站在舞台上，两手交叉放在胸前，双眼睛闭，陶醉在自己的歌声中。

观众纷纷起身，皱着眉头逃走了，只剩俗子一人还坐在那里，手支下巴，一副专心欣赏的神态。

乌鸦唱完一支歌，睁眼一看，剧院的座位都空了，映入它眼中的是一片空旷的蓝色。它顿感被兜头浇了一盆凉水，心里打了个哆嗦；接着，它看到了还保持着专注听歌神态的俗子，心中又升起一股暖意。

"如今的人啦，都没有音乐细胞，根本不会欣赏艺术歌曲。"乌鸦把俗子当作知音，抱怨说。

"是啊，他们不懂得听您的演唱有多大好处。"

"噢，先生，我的演唱对您真有帮助吗？"乌鸦有点激动了。

"有用，有用，用处太大了！"俗子不紧不慢地说，"我家左边有个木匠，他经常用锉刀锉他的锯子；右边有个饭馆，厨师经常用铲子刮他的锅底，那声音呀，啧啧啧，别提了！"

"先生，你跑题了。说这些有什么用？"

"您不知道，自从听了您的歌呀，我就觉得那两种声音都可

以忍受了。"

乌鸦一下子晕倒在舞台上。

上天的画

乌鸦自称是天下第一画竹大师。它在爪子涂上墨，在宣纸上胡乱走一趟，便"画"出了写意墨竹；又在爪子涂上红色，到宣纸上随意溜一圈，便"画"出了工笔朱竹。它扬言，从古到今，没有谁画竹能超过它的，什么宋代的文同，明代的金缇，清代的郑板桥，现代的潘天寿等等，都是徒有虚名而已。如果要评画坛"竹圣""竹王"，非它莫属。

然而，尽管它吹得天花乱坠，但人们就是不买它的账。它的画摆在地滩上，挂在画廊里，拿到拍卖会上，一张也卖不出去，这让它十分懊恼和着急

一天，听说一个画商要征集一批画，趁宇宙飞船发射的机会，搭载飞船，

送到天上去，条件是要出一笔数额不菲的搭载费。乌鸦一听：觉得这可真是个千载难逢的好机会。如果自己的画能够搭上飞船上了天，自己不就成了天下少有的顶极画家了吗？于是，它拿出自己的全部积蓄，又东扯西拉地借了不少钱，连同自己的一幅画，送到了画商手中。

不久，果真传出一条消息，乌鸦的画和一批"知名"画家的画一起，搭载宇宙飞船上天了。

乌鸦满以为自己会因此而名声大噪，作品的价格也会直线飚升。谁知，人们听了这个消息，都嗤之以鼻。

宇宙飞船上每一件东西，小到一片纸，都是经过精心计算，用于科研的。搭载那么多画干什么用？宇宙飞船返回时，为了减轻重量，连价值上千万元的宇航服都丢在太空了，怎么会保留跟宇航一点联系也没有的一捆画？再说，画上不上天，又有什么意义？难道拙劣的画上了天，就能够变成精品？——明眼人都明白，这是一场人为炒作的滑稽剧！

乌鸦傻眼了，但心里不服气：如果自己是鬼迷心窍，受了画商的骗，那么多著名画家为什么也会上当呢？

然而，在别人面前，乌鸦仍信誓旦旦：我的画就是上了天！不承认的人，都是出于妒忌！

黎明鸟的爱好

东方刚露出鱼肚白，黎明鸟便快乐地唱起歌来。尽管它的嗓音并不美妙，歌儿也不那么动听，但它总是唱得那样认真，那样动情，那样有滋有味。

乌鸦问："黎明鸟小姐，你能成为一名歌唱家吗？"

黎明鸟老老实实地回答："不能。"

"你能用歌声换虫子吃吗？"

"我从来没有这样想过。"

"这我就不明白了，"乌鸦迷惑不解地说，"既然你成不了音乐家，又不能用歌声换虫子吃，干嘛要天天唱个不停呢？"

黎明鸟说："尊敬的乌鸦太太，生活中除了名和利，难道就没有别的东西值得追求吗？"

远离"名人圈"

百鸟中鸟才济济，雄鹰是著名的飞行家，驼鸟是公认的长跑健将，鹦鹉是闻名遐迩的诗人，孔雀是人见人爱的服装模特，白天鹅是光芒四射的舞蹈明星，喜鹊是大名鼎鼎的演讲家，织布鸟是举世皆知的建筑大师，就连其貌不扬的乌鸦，也有一顶著名评论家的桂冠。这些大大小小的名鸟，犹如繁星点点，把动物的天空映照得灿烂无比。

名鸟成了名，什么都跟着来了。每天，报纸上有名儿，电台上有声儿，电视上有影儿，要声誉有声誉，要地位有地位，后面还跟着一大群"粉丝"，这可把小百灵给眼红坏了。它想，我如果也能跟它们一样成名，那该有多好啊！现在，这"家"那"家"都有了，我该成为一个什么"家"呢！唔，大家都说我的嗓子好，就让我做一名歌唱家吧!

小百灵认准这个目标,经过两年勤学苦练,在金凤杯百鸟歌会上,一曲战胜所有对手,站在了冠军领奖台上。一夜之间,百灵鸟成了草原上最耀眼的明星,报纸、电台、电视和互联网的记者纷纷登门,又是发专版,又是录专题,又是拍专题片,还专门组织了一次名家和网友互动晚会,百灵鸟的"粉丝"一下子超过了所有的鸟儿明星。不管走到哪里,都有鸟儿找它合影,要它签名。它身上不经意掉下一根羽毛,居然也在"粉丝"中引起一场争夺大战,当场有一百多个"粉丝"被挤伤、踩残。

每天都有鸟儿包围着,每天都有"粉丝"簇拥着,每天都有人请吃饭,每天都有人约会面……成了名的感觉,可真是好极了。

一天清晨,百灵鸟来到草原上,刚想随意地哼哼曲子,练练嗓子。没想到,很快就有鸟将这段录音发到了百鸟互联网上,网名叫"怀疑一切"的质疑,这样的水平也能称歌手?她那歌唱冠军莫不是用什么"潜规则"换来的吧!

在一个朋友的聚会上,百灵鸟开玩笑说了几句顺口溜,很快,有鸟把这几句话发到了报纸上,评论家"无事生非"批评说:作为名人,这样的文学水平太低了。歌唱家的功夫在歌外,文学素养不高怎么能称"家"?

有天晚上,百灵鸟在散步时碰到云雀,随随便便地寒暄了几句,第二天,一个桃色新闻在整个草原传开了:百灵鸟和云雀搞婚外恋了,有鸟看见它们如何如何……

从此以后,百灵鸟不敢随便说话,不敢随便歌唱,不敢自由地举手投足,不敢像过去那样自自在在地过一个鸟儿的平常生活。

成名真累啊！百灵鸟决定尽快逃出"名人圈"。

几年间，大家再也见不到百灵鸟的影子。

当鸟儿们差不多已把它淡忘后，草原的天空又传来百灵鸟的歌声。不过这时，它已远离名声，只为自由和快乐而歌唱。

百灵退赛

秋季，森林将举办歌手大赛。这可是一次展示实力的难得机会啊！百灵怀着激动的心情报了名。

在整个夏天里，百灵几乎把全部精力都用在参赛准备上。每天早上，它很早起来练习歌喉，又请老师帮它提高演唱技巧。歌曲中几处难度很高的颤音和滑音，它都能够轻松地唱出来，鸟儿都听了都夸奖说："这届歌手大赛的冠军，非百灵莫属了！"

大赛如期举行。抽签结果，百灵分在第一场，并且是第一个出场。

帷幕拉开，主持人开始介绍大赛评委，它们是：乌鸦、公鸭、麻雀、鹌鹑、野鸡。为了确保大赛的公正和公平，大赛组委会还特邀毛驴和大花猪担任监审。

百灵听了介绍，立即宣布退赛。

事后，有同伴问它："你准备了那么长时间，放弃比赛机会，难道不感到后悔吗？"

百灵摇摇头，说："如果我参加了这次大赛，那就连后悔也来不及了！"

新年礼物

新年快到了，几个小朋友聚到一起商量，妈妈辛苦了一年，该给它送一件什么东西作礼物呢？

小百灵清了清嗓子，胸有成竹地说："我给妈妈唱一支最好听最好听的歌。"

小喜鹊翘了翘尾巴，快言快语地说："我打算给妈妈讲一个最有趣最有趣的故事。"

小天鹅在原地旋转了一圈，摆出一个优美的舞姿，不假思索地说："我要给妈妈跳一段最好看最好看的舞蹈。"

小啄木鸟用它那像钢凿一样的嘴巴在树干上敲了敲，不紧不慢地说："秋天，我在树洞里藏了几粒最好吃最好吃的坚果，过年时取出来，送给妈妈一个惊喜。"

轮到小麻雀发言了。它想了想，羞涩地放低声音说："我不会唱歌，不会跳舞，不会讲故事，也没有储藏什么食物。我想……我想……我想每天晚上提前钻进被子里，把被窝捂得暖暖的，让妈妈睡觉的时候不觉得被子凉。"

小朋友一听，"哗"地一声都笑了，笑得小麻雀脸上直发烧。

这时，凤凰老师在一边说："大家别笑，我觉得小麻雀的这个礼物也不错。"

"这算什么礼物啊！"小朋友们七嘴八舌地说。

凤凰老师一字一板地说："这个礼物叫'孝心'，它是儿女对长辈最珍贵的情感。"

麻雀和大雁

麻雀起飞后，总是乱成一团。这让麻雀头领心里很不爽。它见大雁飞行时秩序井然，就选派一只机灵的麻雀前去取经。

取经的麻雀回来了，麻雀头领把所有麻雀都召集起来，让大家都听听大雁的经验，免得层层传达，走调变味。

取经的麻雀介绍说："群雁飞行时，必须听从头雁指挥，不准自行其事。"

麻雀头领立即说："这一条最重要。在飞行的时候，大家都得听从我的指挥，不能还像过去那样，谁想咋飞就咋飞。大家听清楚了么？"

麻雀们一起回答："听清楚了。"

取经的麻雀又介绍："大雁飞行的时候，身强力壮的大雁总是飞在最前头，老雁、小雁和身单力薄的雁子飞在中间，得到关照。"

麻雀头领又问："这一条是关键。照顾老的，关心小的，帮助弱的，不能只顾自己。大家记住了么？"

麻雀们齐声高叫："记住了！"

取经的麻雀接着介绍："大雁们在飞行的过程中，很注意动作的一致性，就像人们赛龙舟时划桨，动作一致了，既省劲，又得力。"

麻雀头领清了清嗓子，提高声音说："这一条也很重要。大家飞的时候，一定要想想人们划桨的样子。"说完，就让麻雀们都张开翅膀，模仿着划桨的动物，一、二，一、二地练习起来。

麻雀们觉得很好玩，情绪高涨，麻雀头领看了很高兴。立即把注意事项重复了两遍，开始试验，看看大雁的经验灵不灵。

"预备——飞！"头领一声令下，麻雀们"哄"地一下飞了起来，但上天后，还是乱七八糟。

待大家落下地，麻雀头领责备说："刚才大家都说听清楚了，记住了，怎么一拍翅膀就忘光了呢？重来，重来！今天如果飞不成大雁那样的'一'字和'人'字，谁也不准回家！"

麻雀头领煞费苦心地训练着，但是，一直到它把嗓子喊哑，也没能改变麻雀飞行时的那个乱劲儿。

这时，正好一队大雁飞来，气急败坏的麻雀头领拦住头雁问："你们的经验，麻雀都听明白了，全记住了，为什么不能飞得跟你们一样整齐呢？"

头雁笑笑说："懂得，只要不傻就够了；做到，却不能光靠聪明。你以为懂得了，就一定能够做到吗？"

蚂蚁和麻雀

一座新房刚刚落成，墙壁上预留着一个准备安装空调的洞。

趁主人还没有搬进去，一只好奇的蚂蚁和一只同样好奇的麻雀决定到屋子里去参观参观。它们很容易就通过那个预留的洞，钻进了房间。

它们饶有兴致地参观了主人的客厅，然后又参观了主人的卧室、书房、厨房和洗手间。

这时候，主人的家具都还没有搬进来，房子里空荡荡的，两个朋友转了一圈，便感到索然无味了，打算钻出去。

这套房子安装的都是落地窗，玻璃很亮，粗心的麻雀不知道这明亮的玻璃也是一道墙，张开翅膀就往外飞。"咚"的一声，它重重地撞在玻璃上。

"哟，这是怎么回事？"它揉了揉脑袋，望望窗外晴朗的天空，爬起来又往外飞。"咚"，它又被弹回到屋里。

几次三番努力全失败了，麻雀心慌了，发疯一样朝着明亮的地方往外冲，一次又一次，都被撞回来。

看见麻雀飞不出去，蚂蚁开始也有一阵慌乱，但是，它很快就镇静下来，心里寻思，我们既然能够钻进来，就一定能够钻出去，只要找到了进来时的那个洞，一切问题都迎刃而解了。

于是，它沿着墙壁四处寻找。终于，它找到了那个预留的洞，很顺利地爬出了房间。

这时，麻雀还在屋子里乱飞乱撞，蚂蚁大声喊："朋友，别瞎撞了，还是多动动脑子吧！"

做小事

每天，燕子都轻盈地飞翔在空中，捕捉危害植物的飞虫。要不，就到河边衔一团团湿泥，修建屋檐下的小巢。

饱学的猩猩博士看了，摇摇头，对它说："喂，小伙子，你整天做这些上不了台面的小事，不觉得虚度光阴、浪费生命吗？"

燕子问："那应该做一些什么事呢？"

猩猩博士说："你应该做一两件惊天动地的大事，让人们都知道你，也让历史记住你。"

"请您告诉我，那是一些什么样的事呢？"燕子虚心地问。

"你听好了，"猩猩博士清清嗓子，循循善诱地说："比如，像精卫填海——你知道么，精卫是神话中的一种鸟，它下决心要把大海填了；再比如，凤凰涅槃——凤凰每次死后，浑身都燃起大火，然后在烈火中得到重生，并获得比以前更强大的生命力；还有鲲鹏展翅——不飞则已，一飞就是九万里；再比如……"

燕子打断它的话说:"尊敬的猩猩博士,像您说的那些大事,能够做的鸟儿有几个呢?就绝大多数的鸟儿而言,都只能做一些自己力所能及的小事。能够兢兢业业地把小事做好,不也很有意义吗?"

鸳鸯数子

鸳鸯识数吗?它们能识几个数?有人做了一个实验:拿出最好吃的东西,让鸳鸯数,数对了,就奖励;数得不对,就不给吃。经过对数十对鸳鸯的多次实验,结果发现鸳鸯最多只能数两个数:一和二,三以上的数,它们就数不清了。

但奇怪的是,雌鸳鸯对自己的孩子,却数得很清。

在一条河流边有棵枯树,大风折断了它的头,留下两丈多高的半截树桩。天长日久,风吹雨淋,在枯树桩的顶端形成了一个洞,雌鸳鸯就选择这里作为它的巢,在里面生儿育女。小宝宝出生了,一共有七只,毛绒绒的,十分可爱。

大树上虽然很安全,但终不是长待的地方。这天,鸳鸯妈妈决定把小宝宝们带出巢去,让它们到河流中,开始新的生活。

她率先钻出树洞,拍着翅膀飞了下去。接着,就站在草丛中大声呼唤:"孩子们,快下来呀!妈妈在下面等着你们呢!"

一个宝宝爬出树洞,站在枯树桩上,朝下看看,心惊肉跳,但它还是鼓足勇气飞了下来，在枯树叶上弹了几下，站起来，扑扇着翅膀向妈妈跑去。

接着，第二只、第三只……陆续飞了下来和妈妈会合了。

还有几只胆小的，迟迟不愿出来，出来了也不敢往下跳。鸳鸯妈妈就耐心地等待着，大声地呼唤着，热情地鼓励着，终于，连那个最弱最小的宝宝也跳了下来。

母子全部会合了。鸳鸯妈妈数了数它的孩子，一只也不少。于是，它在前面带路，七个宝宝跟在后面，一路叫着唱着，快快乐乐地向河流走去。

"奇怪！"那个曾对鸳鸯做过实验的人十分疑惑，他问雌鸳鸯，"你不是只数得清两个数吗？为什么能够知道自己有七个宝宝呢？"

"自己的孩子，每个长得是什么样，妈妈心中最清楚。"雌鸳鸯说："对孩子，我不是用数来数，而是用爱来数的。"

"啊！"做实验的人感慨万端地说："母爱真是一种超越智力的伟大能力！"

鹌鹑交友

鹌鹑长得很漂亮，心肠也不错，不知为什么，交朋友却屡屡受挫。

　　山鸡见鹌鹑孤零零的，很是怜悯，就主动找到它，表示乐意跟它交朋友，鹌鹑很受感动。从此后，它俩形影不离，好得跟一个人似的。

　　过了一段时间，鹌鹑突然怒气冲冲地对山鸡说："我俩这么好，你怎么在别人面前说我的坏话？"

　　山鸡被说蒙了，忙问："我说你什么坏话了？"

　　鹌鹑说："你对阳雀说我作风不好，又对百灵说我脑子有毛病，还对喜鹊说我没什么本领，只会在草丛中钻。"

　　山鸡哭笑不得地说："哪儿有这回事啊，你听谁说的？"

　　鹌鹑说："你不要狡辩，是我亲耳听到的！"

　　山鸡问："你什么时候听到的？"

　　鹌鹑说："昨天夜里。"

　　山鸡说："昨天晚上我老早就睡觉了，连阳雀、百灵、喜鹊的面都没有见到，怎么会对它们说你的坏话呢？"

　　鹌鹑讥讽地说："你以为我是傻子是么？你那点小花招能骗得过谁？"

　　山鸡无可奈何地说："请你把话说清楚，你究竟是在什么地方听我说这话的？"

　　鹌鹑说："自己做的事自己明白。你别装糊涂！"

　　山鸡诚恳地说："我真的不明白。请你告诉我，你是在哪儿听到我说你坏话的？"

　　鹌鹑说："在梦里。"

　　山鸡差点笑岔了气："天啊！你怎么能把梦中的事当成真呢？"

鹌鹑说："我的梦从来都是真的，从来都没假过。"

山鸡说："为了证实你的梦是真是假，你去问问阳雀、白灵和喜鹊好不好？"

鹌鹑说："我才不去问哩！我充分相信我的直觉！"

山鸡说："你不能这样冤枉一个真心实意对你的朋友啊！"

鹌鹑不容置辩："哈哈哈，笑死我了！你还真心实意？早点收起你那套伪装吧！天底下还有谁比你更会演戏？我算是把你看透了！"

山鸡说："你听我给你解释好不好？"

鹌鹑绝决地说："少给我来这一套！骗子！魔鬼！玩弄感情的大坏蛋，给我滚……"

又一个朋友离开了。但鹌鹑不后悔，它坚信自己没有错。但坚信自己没错的鹌鹑没了朋友。

水中鸭子

一只小猫要过河，但不知道水的深浅，站在河边向鸭子求教。

正在河中游泳的鸭子说："大胆的过吧，这水很浅的。"说着，鸭子一头扎进水里，半截身子还露在水外面。

小猫放心了，决定涉水过河去。但它刚下到河里，立刻便被

河水淹没了。多亏狗大哥来救了它。

小猫心有余悸地问狗大哥："鸭子天天都在河里游泳，怎么不知道河水的深浅呢？"

狗大哥说："一天到晚总是浮在水面上，不论它在水里待多久，也不可能了解到真实情况。"

第四辑

三只蜜蜂

浪花和鲸

哗啦……哗啦……

海浪直立起来，高高地昂起头，一次又一次地扑向海滩，一边发出巨大的吼声，一边把雪白的浪花洒向天空。

海边上闹腾得轰轰烈烈，鲸不由自主地被吸引过去。它像一艘巨舰似地慢慢地游向海岸，可是，不一会儿它便发现：自己被搁在海滩上了，任怎么挣扎也回不到海水里去。

多亏不久就涨潮了，鲸抓住时机，才艰难地向大海的中央游去。

浪花高声大喊："朋友，我们这儿多么热闹啊，你为什么不辞而别呢？"

鲸说："经验告诉我，大凡表面上闹腾得轰轰烈烈的地方，都不宜停留。在这些地方凑热闹是危险的。"

海豚救小鲨

海豚是游泳的高手，也是救助弱小的热心者。

海豚刚出生的时候，在水下呼吸的本领很小，它们的爸爸妈妈常常要把它们托出水面呼吸空气。这种举动一代一代传下来，海豚们就形成了一种习性，不仅喜欢托举自己的孩子，见到别人家的小海豚以及其它需要帮助的动物，它们也会赶上前去，将它们一次又一次托出水面，使它们能够呼吸到新鲜空气，不至于被窒息而死。

有一次，一位女孩在海里游泳，不小心游进了一个旋涡中。女孩拼命挣扎着想游出去，但巨大的吸力很快将她吸入旋涡。正在这千钧一发的关头，一只海豚游了过来，它用尖尖的吻部猛地一推，将她推出了旋涡，接着，又托着她来到浅水区，女孩得救了。从此，海豚乐于助人的故事到处传颂。

听到的赞扬声多了，海豚们救助他人的热情更高了。有一次，两只海豚看见一条小虎鲨无人照料，独自在水中慢慢地游，它俩立即迎了上去。

雄海豚对雌海豚说："谁家的大人这么不负责任，怎么让这么小的孩子一个儿在海里游，这多危险！"

雌海豚点点头说："是呀，小孩子自己是没有能力将头冒出水面换气的，我们得去帮帮它，否则，它会丢掉生命的。"

两只热心的海豚一连几天托着小虎鲨，结果小虎鲨在它俩的热情关怀下停止了呼吸。

海豚夫妇见小虎鲨翻着肚皮躺在海水里，不知如何是好。它们哪里知道，小虎鲨和小海豚是不一样的，小虎鲨必须在水中才能呼吸，海豚夫妇把它托出水面，恰巧是帮了倒忙啊。

海中三霸

抹香鲸、大王乌贼和鲨鱼是海中三霸。

抹香鲸像一个巨大的蝌蚪，身长二十米，体重六十吨，下颌长满了牙齿，最喜欢捕食大王乌贼。大王乌贼身长十八米，嘴巴四周有十个腕足，可以伸到六层楼高。它是抹香鲸的老对头。鲨鱼是海上魔王，巨大的嘴里长着尖锐的牙齿，当它追逐鱼群时，一下子能吞掉几十条鱼。三霸为了争夺海上霸权，常常发生争斗。

一次，一只大王乌贼与抹香鲸狭路相逢。抹香鲸不怀好意地盯着对手说："伙计，你来得好哇！"

大王乌贼见来者不善，决定先下手为强，并不答话，"忽"地飞扑过去，眨眼间就用十只腕足把抹香鲸横捆竖绑起来。腕足上的上百个吸盘，都紧紧地吸在抹香鲸身上。

抹香鲸受到突然袭击，怒不可遏，一口咬住大王乌贼的尾部，用力地左右摔打。

抹香鲸与大王乌贼拼得你死我活，鲨鱼却在一边冷眼旁观。待抹香鲸获胜已成定局，它立即张开长满利齿的大口参加了战斗，帮助抹香鲸杀死了大王乌贼。

抹香鲸大获全胜，它一边请鲨鱼分享胜利果实，一边拍着鲨鱼的脊背说："兄弟，你真是我的好朋友哇！"

没过多久，抹香鲸又遇到一只大王乌贼，这只大王乌贼发誓要为死去的同伴报仇。它用腕足紧紧缠住抹香鲸的头，并堵住了它的喷水孔。抹香鲸拼命反抗，搅起滔天的波浪，但是，怎么也摆脱不了对手的缠堵。

抹香鲸出不了气，憋得浑身发软，只好用恳求的目光向在一旁观战的鲨鱼求救，希望"朋友"在生死关头帮它一把。但是，"朋友"见它败局已定，不仅不给它帮忙，反而张开大嘴向它猛扑过来。抹香鲸的肉被一块块撕下，鲜血从伤口汩汩地喷出来，不一会儿就染红了一大片海水。

抹香鲸以惊异的眼光瞪着鲨鱼，最后挣扎了一下，痛苦地呻吟道："我终于明白，在霸权世界，是没有永远的朋友的。"

老鳖和鳄鱼

一条河流，两岸杂草丛生。老鳖和鳄鱼比邻而居，相安无事。夏天的一个夜晚，一只将要当妈妈的老鳖慢慢地爬上河滩，用鼻子东闻闻，西嗅嗅，在一个地方停下来，开始用爪子刨沙。

刨几下，把脑袋伏在沙上听一听；听一听，又刨几下，显得焦急不安。

正在这时，一条鳄鱼气呼呼地扑上岸来，张嘴就给了老鳖一口。

老鳖无端地受到攻击，勃然大怒，扭头咬住鳄鱼的鼻子，死也不肯放松。鳄鱼疼得左右摔打，仍无法摆脱，只好飞快地爬回河里。这一招真灵，一下到水中，老鳖就把嘴松了。

见鳄鱼钻到水里去了，老鳖又慢慢地爬上岸。爬回原来那个地方，它又开始刨起来。没刨几下，鳄鱼又气冲冲地爬过来，向它发起攻击，一场搏斗又开始了。

鳄鱼和老鳖的战斗一直持续到午夜。终于，都精疲力竭地趴在河滩上喘粗气。

月光下，老鳖刨窝的附近钻出几个小东西，迟疑了一会儿，摇头摆尾地向河里爬去。

鳄鱼叫道："看清了吗？那是我的孩子！"

清晨，又有几个小黑点从老鳖刨过的地方钻出来，辨别了一下方向，摇摇晃晃地向河里爬去。

老鳖叫道："看清了吗？那是我的孩子！"

此时，它们都发觉自己误会了对方。

"咱们当了多年邻居，没想到相互了解竟有这么难！"它俩后悔地说。

"钓鱼鱼"的猎物

在北太平洋西部的海底，生活着一种会钓鱼的鱼，它的名字叫鮟鱇，又叫老头鱼。这种鱼的身子圆圆的，嘴巴大大的，头顶上长着一根细长的背鳍骨线，活像一根钓鱼竿。"钓鱼竿"的尖端长着一个发光的穗子，这是它用来"钓"鱼的"鱼饵"。鮟鱇常常把身子藏在泥沙里，将"钓鱼竿"伸到外面，不断地晃动"鱼饵"。如有上当的鱼游过来，鮟鱇突然张开大口，一下就把猎物吞进了肚子里。

有条箭鱼游过来对鮟鱇说："老兄，你的这套把戏玩的好倒是好，但也未免太拙劣了。你总是用同样一种方法引诱猎物上当，一次得逞，两次得逞，使用的次数多了，难道就不怕露馅？我看，你得多学几手本领才是上策。"

鮟鱇哈哈一笑说："老弟，你尽管放心好了。在这个世界上，鱼类就和人类一样，任何时候都不缺少脑子进水而又贪得无厌的角色。只要这些家伙存在，我这一手就照样管用。你如果不相信，就藏在旁边的岩洞里验证验证吧。"

箭鱼照着鮟鱇的话做了。果然，没过多大一会儿，就接连有几条鱼被鮟鱇"钓"住。箭鱼感叹道："看来，悲剧重复上演，就是因为无视前人的教训啊！

蟾蜍和猫头鹰

夏天的夜晚，青蛙兴奋异常，它一面"呱呱呱"地高声喊叫，一面奋力跳跃着捕捉害虫，似乎不知道什么叫累，什么叫苦，什么叫疲倦，什么叫休息。此时，蟾蜍却静静地蹲在草丛中，瞪着一双大眼睛，不时张张嘴，不知是在想什么，还是想说什么。

前来检查工作的猫头鹰，对青蛙十分满意，对蟾蜍却大为光火。它恼怒地上前叨了蟾蜍一嘴，哪知蟾蜍懒洋洋地向前爬了几步，又蹲在那里不动了，两眼还是瞪得溜溜圆，嘴巴还是一张一张的，不知是在想什么，还是想说什么。

猫头鹰见蟾蜍竟是这么懒散，一时火起，一阵猛叨，把蟾蜍叨死了。

青蛙在一旁"呱呱呱"地哭了起来。

猫头鹰余怒未消，没好气地喝斥说："你哭什么？这样的懒汉活在世上，岂不是比死去还糟？"

青蛙抽泣着对猫头鹰说："呱——你冤枉我的兄弟了。你别看它蹲着不动，它是隐藏在那里捉虫子呀！"

"真有这事？"猫头鹰将信将疑地解剖了蟾蜍的尸体，果然，蟾蜍的肚子里有许多虫子。

"我怎么把一个无名英雄看成懒汉了呢？"猫头鹰愧疚地捶

着自己的脑袋，追悔不已。

癞蛤蟆和天鹅

癞蛤蟆看见天鹅在空中飞，心想，天鹅的羽毛那么洁白，身体那么丰腴，它的肉一定又嫩又香又好吃。

于是，癞蛤蟆不再捕捉虫儿、蝇儿，整天仰着头，两个鼓眼泡直直地盯着天空，看见天鹅飞来，就拼命往上蹦，梦想一下子把天鹅抓下来，好美美地吃个够。

但是，一天，两天……一个星期过去了，癞蛤蟆心力耗尽，连天鹅的一根羽毛也没有够着，终于它再也蹦不动了，心想：当一个癞蛤蟆，还是捉虫儿、蝇儿是正经事……

饥饿的蛇

蛇已经好些日子没吃东西了，饿得浑身无力，头昏眼花。

它饥肠辘辘，四处寻找食物。可事情就是这么怪，肚子饱的时候，老鼠，蛤蟆……到处都是，而越是饥饿的时候，却越难找

到吃的东西。

蛇无精打采地慢慢蠕动着，最后实在没力气了，就在一个草丛中停了下来，打算休息一会儿。

它刚要闭上蒙眬的双眼，突然发现一个东西在草丛中摆动，不由大喜。

它悄悄地移动脑袋，如闪电一般，一口将那东西咬住，然后，慢慢地往肚子里吞。

那东西真长啊，光光的，滑滑的，软软的，凉凉的。蛇闭着眼睛，一边慢慢地吞咽着，一边高兴地想，这回又能管三五天了。

吞着吞着，蛇忽然发现不对劲。它把那东西吞了一半以后，自己的身体居然变成了一个圆圈。它还想再吞，已吞不动了。

蛇终于明白，它最先发现的那东西，原来是自己的尾巴；而自己吞咽的，却是自己的身体。

我怎么会吞咽自己呢？蛇开始思考……

遭遇陷阱

一只马蜂的肚子饿了，四处觅食。一股浓浓的蜜香飘来，它立即精神振奋地寻踪飞去。

这香味来自一朵怪模怪样的花。这花很像一个圆底的瓶子。"瓶子"的口上长着艳丽的花瓣，深深的瓶底里盛着蜜汁，蜜汁中，正有另一只马蜂在慌乱地忙碌着。

瓶口的马蜂探着头，大声说："喂，兄弟，你别把蜜汁吃光了，可得给我留一点啊！"

瓶底的马蜂艰难地从蜜汁中拔出一条腿来，喘着气说："兄弟，千万别下来，这可是口陷阱啊！"

瓶口的马蜂哈哈大笑起来："兄弟，你也太自私了吧！自己找到好吃的东西，却编出谎话来欺骗我。想吃独食呀！"

瓶底的马蜂认真地说："兄弟，我说的是真话，你千万千万别下来，这里真是陷阱啊！你瞧我，六只腿已拔不出来了！"

"哈哈哈！"瓶口的马蜂笑得更响了，"你以为我是大傻瓜？你明明想独霸蜜源，却变着花样骗别人，这把戏谁都会玩！我才不会上你的当呢！"

瓶底的马蜂急得都快要哭出来了："兄弟，咱俩是同类，我怎么会骗你呢？为了让你别落到跟我一样的下场，我再次郑重地提醒你，兄弟，千万……千万……千万别下来！"

"瞧你急的！"瓶口的马蜂有些愤怒了，它收起笑容，厉声说，"现在，同类骗同类，熟人骗熟人，朋友骗朋友，亲戚骗亲戚，这样的事太多了！你不让我下，我偏要下！想吃独食，做梦！"

说罢，这只马蜂不顾一切地往瓶里跳去。

三只蜜蜂

春天来了，迎春花、杏花、桃花、梨花、樱桃花、玉兰花、油菜花……竞相开放。在家中窝憋了整整一个冬天的蜜蜂三兄弟，闻到花香，迫不及待地从巢中钻出来，美美地伸了个懒腰，舒展舒展翅膀，兴高采烈地向花海飞去。

油菜花用彩笔把山坡染成一片金黄。蜂老大来到花地里就忙碌开了。它先用汤勺一样的舌头，把花蜜舀出来，吸入胃中。然后又收集花粉，装进双腿携带的花篮里。它细心地采完一朵，才转移到另一朵花上，不慌不忙，有条不紊。到收工的时候，胃中装满了蜜液，花篮里装满了花粉。

蜂老二来到花地，两眼都花了，遍地的花朵，不知道该采哪朵好。它慌慌张张地在这朵花上吸两口，又慌慌张张地到那朵花上采两下，不少时间都被它用在飞来飞去之中。到收工的时候，胃中的花蜜才装了一半，花篮里的花粉也比大哥少许多。

蜂老三就更有意思了。它生怕自己收集的花蜜和花粉比两个哥哥少，于是就采取了一个策略——我干不好，让你们也干不好。它一会儿飞去干扰大哥，一会儿飞去打扰二哥，把工夫全花在捣乱上。到收工时，它的胃中空空如也，花篮中的花粉稀稀落落，连篮底也没有铺满。

油菜花把这一切看在眼里，一朵油菜花感慨地对另一朵油菜花说："工夫用的地方不一样，收获也不一样啊！"

另一朵油菜花说："是呀，态度决定一切。"

傻蜜蜂

油菜花开，满地铺金。

一群蜜蜂对眼前的菜花视而不见，却飞到很远的地方去采集花粉和花蜜。

蝴蝶看了，在一旁怪怪地笑。

一只蜜蜂问："蝴蝶先生，你笑什么呢？"

蝴蝶说："我笑一群傻瓜，脑子灌水，舍近求远。"

"这你就不懂了。"蜜蜂说："我们的长辈告诉我们，身强力壮的，要把近处的花，让给年幼和体弱的同伴去采。"

"这是哪朝哪代的皇历啊，还抱着不放？"

"世间有些道理，是永远不会过时的。"

赶时髦的小枯叶蛾

枯叶蛾们的穿着非常朴素，翅膀的颜色和枯树叶的颜色一个样；翅膀的顶尖也和枯树叶的顶尖差不多；翅膀的边缘上有一些小齿，仿佛树叶边缘上的小齿；一对下唇并在一起伸向树枝，那模样就像树叶的叶柄；更奇妙的是，它们的翅膀上还有一道主脉，简直与树叶的叶脉一般无二。它们落在树枝上的时候，把翅膀紧紧地合一块儿，在其它动物眼里，完完全全就是一片片枯树叶。

在蝴蝶大家庭里，穿着漂亮的小伙子、大姑娘数也数不清，与这些美丽的蝴蝶仙子相比，枯叶蛾的衣服显是太寒酸了。一只小枯叶蛾缠着爸爸妈妈说："别人家的孩子都穿得那么好看，我的衣服简直丑死了。我也要穿花衣服，我也要穿花衣服！"

爸爸妈妈劝它说道："衣着朴素，是我们家的老传统。衣服有自己的个性，不也是一种美吗？盲目地赶时髦，不见得有什么好处。"

对爸爸妈妈妈话，小枯叶蛾上一点儿也听不进去。第二天，它不知从哪儿弄来一套非常鲜艳的衣裳穿在身上，跟着爸爸妈妈一块儿在树林里飞。

它们刚飞了一会儿，一只山雀飞来了，看见几只枯叶蛾，立即向它们扑过来。爸爸妈妈慌忙带着小枯叶蛾，机智地与山雀兜圈子，它们忽而升高，忽而下降，忽而又突然转个大弯子，趁山雀还没有转过身来的时候，倏地停在一根树枝上，收拢翅膀，变成了几片树叶。

等山雀赶过来后，小枯叶蛾的爸爸妈妈早已伪装得跟真枯树叶一样了，山雀瞪大双眼瞅来瞅去也辨别不清。只有小枯叶蛾与众不同，它的模样虽然也像一片树叶，但那五彩缤纷的衣服却让它露了馅。山雀扑过去，一伸嘴就把它吞进了肚子里。

鬼脸天蛾的诡计

蜜蜂们在蜂巢中储满了香气四溢的蜂蜜，这是它们辛辛苦苦用汗水换来的。为了保卫这来之不易的果实，蜜蜂们时刻保持着高度的警惕。

狗熊闻到扑鼻的蜜香，试图去捞一把，一群蜜蜂立即迎上前把它拦住。狗熊虽然有一把蛮力气，但面对灵巧而勇敢的蜜蜂却毫无办法。它深知自己不是蜜蜂的对手，赶紧抱着脑袋溜之大吉。

老虎也被蜂蜜的香味吸引了来，它绕着蜂箱转了两圈，见蜜蜂们严阵以待，也只好流着涎水知趣地退避三舍。

鬼脸天蛾讥笑狗熊和老虎说："你们枉自长了那么大的个儿，连小小的蜜蜂就对付不了，太丢面子了！"

狗熊和老虎不服气地说："你知道蜜蜂屁股上的针有多厉害吗？让它们给扎上几针，谁能受得了？"

鬼脸天蛾不屑地撇了一下嘴说："那不起眼的针有什么了不起？你们真可怜，实在可怜！"

老虎和狗熊被鬼脸天蛾嘲讽得无地自容，讪讪地说："你这么奚落我们，你敢去吃蜂蜜吗？"

鬼脸天蛾一拍胸脯："怎么不敢？你们在一边看着！"

说罢，鬼脸天蛾扇着翅膀向蜂巢飞去。来到大门口，它怪模怪样地抖抖翅膀，门口的哨兵赶紧毕恭毕敬地立正敬礼，它大摇大摆地进去了。到了蜂巢里面，它又抖抖翅膀，吃起蜂蜜来竟没有一只蜜蜂来阻拦。鬼脸天蛾吃饱喝足，又回到蜂巢门口，怪模怪样地抖抖翅膀，门口的哨兵二话没说，就让它大摇大摆地出去了。

鬼脸天蛾回到老虎和狗熊的面前，拍拍胀鼓鼓的肚子说："二位，怎么样？我没骗你们吧？事情就是这么简单，蜜蜂根本就没有什么了不起的！"

老虎和狗熊猫感到十分难以理解，它们急切地问："伙计，你究竟是用什么办法获得成功的？"

鬼脸天蛾得意洋洋地说："办法么？其实简单的很。在蜜蜂王国里，最有权威的要数蜂王。对蜂王的声音，蜜蜂们从来不会有任何怀疑。蜂王是用翅膀扇动来说话的，我就模仿蜂王的声音。这声音让蜜蜂听起来，就跟有魔法一样，以为是它们的蜂王在巡游呢！就这么着，我美美地过了一次蜂王瘾，还美美地饱餐了一顿蜂蜜宴。怎么样，你们也试一试吧？"

老虎和狗熊都听呆了：蜜蜂不是很聪明么，为什么这么容易受骗？

飞蛾扑火

飞蛾是危害庄稼的害虫。它在夜间飞行时，利用月光为自己导航，飞行十分自如。在追逐猎物和逃避敌害的时候，不管拐了多少弯，只要有月光，它就不会迷失方向。

农夫知道了飞蛾的这个习性，便趁无月亮的夜晚，在庄稼地里挂起一盏盏灯，在灯的下面放一个装满水的盆子，引诱飞蛾自投罗网。

飞蛾看到了灯光，以为它就是月光呢，就用这光亮为自己导航。它不懂得，月亮离自己很远很远，自己只要同月光保持固定的角度，朝着一定的方向飞，就不会迷路；而灯光离自己很近很近，如果自己同灯光保持一定的角度飞，就只能围着灯转圈儿。

飞蛾就这么傻乎乎地围着灯光不停地转呀转，转得头昏眼花、浑身酸疼，却怎么也飞不出这个圈子，最后，它一点儿力气也没有了，一头跌进了水盆里，再也爬不出来。

奄奄一息的飞蛾挣扎着向苍天发问："我追求光明有什么错？为什么要让我落得这样的下场？"

知识老人叹息着对它说："追求光明并没有错，可惜你选错了对象！"

爱打扮的蜘蛛

蜘蛛们世世代都穿着一身颜色灰暗的衣服。

从小，它们的长辈就谆谆告诫它们：这种衣服虽然不好看，但是便于隐蔽，不易被猎物发现。你们要想吃饱肚子，就不要想把自己打扮得多么漂亮；想漂亮，非得有蝴蝶那样的翅膀不可。

蜘蛛们都很听长辈的话，世世代代都跟前辈一样穿着灰不溜秋的衣服，一动不动地守在自己织就的网上，等待粗心大意的猎物落网。

然而，美丽实在太有诱惑力了。有一天，几只刺蜘蛛毅然脱下身上的灰衣服，换上了色彩鲜艳的花衣服，一个个打扮得花枝招展，好不快活。

富有经验的老蜘蛛赶紧警告其它蜘蛛："孩子们，你们千万别学它们的样儿！它们这样张扬，只讲漂亮不计后果，肯定要吃亏的！你们就等着瞧吧！"

但是，老蜘蛛的话没有得到验证。穿花服的刺蜘蛛们不仅没有挨饿，而且捉到的虫子比其它蜘蛛还要多。因为，森林里有许多爱漂亮的虫子，它们把刺蜘蛛的花衣服当成了盛开的鲜花哩！

雨中花

绿蜻蜓正驾驶着直升飞机在空中盘旋，寻捕虫子，突然，听见"嗞"的一声响，发动机出故障了。它赶紧拉动操纵杆，把飞机稳稳地停在一块空地上，打开引擎盖，仔细查找原因。

"哗哗——"，一阵大雨袭来，豆大的雨点"咻咻"地砸在它的身上。

黄蜻蜓看到了，立即用桃花伞为绿蜻蜓遮住雨水，而它自己却任凭大雨淋着。

蓝蜻蜓看到了，赶紧用杏花伞为黄蜻蜓遮住雨水，而它自己却淋在大雨中。

黑蜻蜓看到了，连忙用樱花伞为蓝蜻蜓遮着了雨水，而它本身却被浇成了落汤鸡。

紫蜻蜓恰巧有两把伞，它用迎春花伞遮住了黑蜻蜓，用海棠花伞遮住了自己。

五朵小花伞簇拥着，艳艳地开在大雨中，

小摄影家蝴蝶看到了，立即"咔嚓咔嚓"按动快门。它说，这是一束最美丽的花，要发在微博里，让世界上所有的小朋友都能看到！

蚂蚁的高山

蚂蚁整天在一个小土堆上爬来爬去。它觉得，这个小土堆就是世界上最高的山。它和它的兄弟姐妹，每天都在"高山"上上上下下，它们就是世界上最了不起的登山队员。

一天，雄鹰落到小土堆上，打算休息一下翅膀。蚂蚁上前说："喂，朋友，你见过这么高的山吗？"

雄鹰哈哈大笑说："这也叫山吗？笑死人了！真正的大山你根本没有看到过！"

蚂蚁不相信地说："世界上还有比这更高的山么？"

雄鹰说："泰山，你听说过吗？"

蚂蚁摇摇头。

"如果登上了泰山，你就知道什么叫高山了！"

为了验证雄鹰的话是不是正确，蚂蚁钻进雄鹰胸毛里，让雄鹰把它带上了泰山。

在泰山顶上，蚂蚁钻出来，揉揉眼，朝四周看了看，又活动活动四肢，到四面爬了爬，跺足大叫起来："上当了、上当了！我走的都是平地，哪里有什么高山哟？"

雄鹰问："那你心目中的高山是什么样的呢？"

蚂蚁信心十足地说："你在我的家乡已看到过一座，让我再造一座给你看看！"

蚂蚁立即开始到四周寻找小土粒，碎石屑，用了整整两天时间，堆了一个酒盅大的土堆。然后，它拍拍手对雄鹰说："看到了吗？这才叫山！"

雄鹰扑哧一笑，说："我今天才领教了，什么叫'蚂蚁的眼光'！"

蜗牛比赛

蜗牛背着一个大房子，走路慢吞吞的，半天才挪动一步。这么一来，它们就成了行动迟缓的代表性形象。

对于这种评品，蜗牛们感到很不满意，它们决心要改变自己的形象。于是，就去向千里马请教。

"我们怎样才能跑得快起来呢？"蜗牛们诚恳地问。

千里马回答说："根据我们的体会，就是必须不间断地开展比赛。千里马都是在竞争中产生的。"

"啊，原来是这么回事。"蜗牛们得到了千里马的真传，感到很高兴，从当月开始，每月举办一次蜗牛长跑比赛，并且风雨无阻，持续不断地坚持了100年。然而百年以后，蜗牛们不但没有一点进步，反而爬得更慢了。

千里马们非常诧异：怎么会是这样一种结果呢？

老槐树叹道："你们不知道它们是如何进行比赛的啊！它们的规则是，谁跑得最慢谁是冠军！"

蜗牛的变化

很久以前，蜗牛的形体和黄牛差不多，也有四条健壮的腿、两个尖尖的角和一条粗大的尾巴，不同的是，它比黄牛更温驯，温驯到百依百顺。

蜗牛在山坡上吃草，邻居的一条恶狗来寻衅闹事，蜗牛无可奈何，低头防御，一角撞断了恶狗的一条腿。农夫赶紧用泥巴把狗腿接起来，责怪蜗牛说："你呀，长一对犄角就会惹事生非。什么时候，你没有了这对角，我就放心了。"

主人乘牛车走亲戚，蜗牛为了赶路，撒开四蹄飞奔，不小心拉翻了车，把主人的屁股摔疼了，还弄脏了他的新衣服。农夫怒不可遏，一边摸着屁股，一边挥舞着鞭子骂道："往后你再这样瞎跑，非把你的腿打折不可！"

蜗牛个头虽大，却常常遭到小小苍蝇的袭击。它忍无可忍，甩动尾巴，把偷袭它的飞贼扫落在地。农夫看到满地的苍蝇尸体，连声呵斥："阿弥陀佛！你这家伙心太狠了！苍蝇飞来，赶走就是了，为什么要把它们打死呢？"

蜗牛听了主人的这些话，就再也不使用它的双角了；走起路来，小心翼翼，慢慢吞吞，好像怕踩死了蚂蚁似的；苍蝇空降偷袭，它宁肯背一个硬壳来遮挡，也绝不用尾巴抽打。慢慢地，它的身体缩小成了一点点，小得不如黄牛的一个眼珠大；犄角变成了两根肉棍儿，一触到异物，立即自动收缩；四条腿退化得没有一点痕迹，走路全靠身体蠕动。蜗牛的缺点没有了，它也完全失去了牛的功能，再也不能拉车，再也不能犁地，再也不能干牛能干的一切活儿。

蜗牛被主人扫进垃圾堆。

"我是老老实实听主人的话，完完全全按主人的意志行事哟！为什么落得这样的下场呢？"它想不通，泪涟涟，走到哪里，就在那里留下一道泪痕。

屎壳螂的宝贝

秋天到了，屎壳螂抓紧时间到处寻找牛屎，为漫长的冬天准备食物。

它幸运地找到一堆新牛粪，立即低下头，用装在头上的铲子掘下一块，然而掉转身来，用两条后腿拉着往家里滚。只用半天时间，就在洞里藏下了十来个圆溜溜的牛粪球。

它满心欢喜地用土把洞口掩埋好，坐下来伸开六条腿，打算放松一下，好好地喘口气。

　　这时，一只雄鹰飞来，屎壳螂立即紧张起来，翻身扑在洞口上，扭过头朝空中大叫："不准过来！不许抢我的宝贝！这是我储存起来准备过冬的，谁抢我就跟谁拼命！"

　　雄鹰知道屎壳螂的"宝贝"是什么货色，轻蔑地长鸣一声，向蓝天飞去。

　　屎壳螂刚松了一口气，一只兔子蹦跳着走过来。屎壳螂更紧张了，晃动着头上的铲子，凶巴巴地威胁说："站住！不准动我的宝贝！小心我铲死你！"

　　见屎壳螂那副紧张兮兮的样子，兔子捂着三瓣嘴乐了："你那些东西也叫宝贝？别恶心人了！"说罢，蹦跳着远去了。

　　兔子刚走，狐狸又来了；狐狸才离开，梅花鹿又来了；梅花鹿刚离去，野猪又来了……屎壳螂藏"宝贝"的地方，老是有各种动物来来去去，搞得屎壳螂的心一阵紧似一阵。在它看来，这些体型庞大的家伙，到这里来都不怀好意。它只有寸步不离地守在洞口，才能确保"宝贝"万无一失。

　　日复一日，屎壳螂都这么全神贯注地坚守着。等冬天到来的时候，它洞中的"宝贝"不仅没有增加，反而被吃掉了不少。

　　"都怪那些不怀好意的家伙。让我失去了一个秋天！"屎壳螂恨恨地说。

　　在洞中蛰伏的蟋蟀提醒它："还是从自己身上找找原因吧！否则，你失去的将不只是一个秋天！"

臭了谁

臭虫别无长技，唯一的本事，就是对有本事、有作为的昆虫羡慕、妒忌、恨。它不知道从哪里弄到一些臭哄哄的东西，见到比自己强的昆虫，就往人家身上泼，一心要把别人搞臭。

蜜蜂挽着花篮从臭虫门前过，臭虫拿出臭水就泼过去。蜜蜂赶紧飞到草丛中，用露珠把臭水洗去。从此，它只要见到臭虫，就远远地躲开。

蝴蝶展开裙裾在空中飞舞，臭虫端起臭水劈头淋去。蝴蝶连忙摘来很多花瓣，将身上揩拭干净。从这以后，只要遇到臭虫，它就退避三舍。

蜻蜓开着直升飞机在空中盘旋，臭虫拿着水枪将臭水射去。蜻蜓立马飞到泉水边，用泉水把臭气抹掉。有了这次经历，蜻蜓再也不愿意跟臭虫打照面了。

在随后的日子里，瓢虫、飞蛾、蝈蝈、蟋蟀、纺织娘、金龟子、莹火虫……都遭到臭水的袭击。

然而，臭虫想弄臭他人的目的并没有达到。它的最大收获，是把自己彻底弄臭了。因为，整天跟臭水打交道，臭气已渗透了它的浑身上下、里里外外，以至老远就闻着臭烘烘的，人见人厌。

松毛虫迷路

松毛虫浑身长满了又密又长的毒毛,许多鸟类想吃它,但看看它那副全身武装的样子,都不得不快快作罢。

靠这身武装保护,松毛虫家族发展很快。它们集体吐丝,在松树上结网筑巢。每到黄昏的时候,便倾巢出动,沿着树干爬上一棵松树,像吃香蕉一样贪婪地啃食松针,把一棵树的松针扫荡一空后,又浩浩荡荡地转移到另一棵松树上。

松毛虫的队伍在前进的时候,一条紧跟着一条,秩序井然。头领在前面负责领路,一边爬行,一边不停地吐丝。队伍走到哪儿,就把丝吐到哪儿。回来的时候,这根丝就成了它们的路标。松毛虫不管走多远,都不会迷路。

俗子把这一切看在眼里,决定作一个试验:他巧妙地把一队正在行进的松毛虫引到一个又高又大的花盆上,等最后一条松毛虫爬上花盆后,他就把花盆四周的丝线全部抹去,只留下盆沿上的一圈丝线不动。松毛虫就在它们的头领带领下,沿着盆沿上的"路标",爬一圈又一圈,一直爬了七天七夜,终因筋疲力竭而全部死去。

乌有虫

蚂蚱的邻居纺织娘，原来比蚕还勤劳，纺的纱比蚕丝还柔韧，织的布比蚕茧还美丽，人们怜爱地叫它"娇娇"，呼蚕为"宝宝"。

邻居好，赛金宝。纺织娘有好名声，蚂蚱本来应该高兴才是，但是，蚂蚱不仅没有一丝儿快意，反而妒火中烧。

"大王，这纺织娘太不够朋友了。每天夜幕刚落下来，它就把一张纺纱车子摇得'轧轧'响，这不明明是抬高自己，贬低别人吗？您一定要拿个主意，治治这个爱出风头的家伙。"蚂蚱气咻咻地对乌有魔王说。

"这好办。"乌有魔王从怀里掏出一个金晃晃的盒子说："你把我这宝贝拿去，见了纺织娘，打开盒盖，连叫三声'着'，你的愿望就实现了。"

蚂蚱将信将疑地接过盒子。三天以后，它兴高采烈地又出现在乌有魔王面前。

"怎么样？我这宝贝儿灵不灵？"魔王问。

"灵！真灵！我对着纺织娘连喊了三声'着'，那家伙就像着了魔似的，纱也不纺了，布也不织了，一夜到天亮，光摇着空车儿糊弄人。"蚂蚱兴奋异常，大眼睛闪闪发亮，问，"大王，你这盒儿里装的什么宝贝，竟有这么大的威力呢？"

乌有大王得意洋洋地说："我这盒儿叫子虚盒，子虚盒里装的乌有虫。这乌有虫虽然无形无影，无色无臭，但邪劲赛过孙悟空的瞌睡虫，不管谁有多大能耐，哪怕他能拔地擎天，只要叫这乌有虫染上身，他就会像纺织娘一样变得华而不实，无所作为了。"

这子虚盒后来不知怎么流落到人间，被好事者打开盒子，放出乌有虫。这虫子至今仍在作祟，造出一些只会玩花架子不愿干实事的人。

两片枯叶

大雪已过，银杏的枝头仍挂着两片树叶。它们已经枯黄了，在寒风中摇摇欲坠。

"唉，这树太不讲感情了，让人伤心！"一片枯叶叹了一口气，对另一片枯叶说。

"啊，老兄，您为何发出这种感慨？"

"想想吧，春天的时候，咱们绽出新芽，一片嫩绿，把它装点得多么漂亮？"

"是的，就像用淡彩画出来的一样。"

"到了夏天，咱们变成深绿色，郁郁葱葱，把它打扮得多么风光。"

"对呀，这时候的它，有点像重彩画了。"

"到了秋天，咱们又变成金色，满树满树，跟金子一样，吸引了多少人的眼球啊！"

"这是它最风光的时候，摄影爱好者络绎不绝，把镜头对着它拍个不停。"

"瞧瞧，到了冬天，它居然不要咱们了，把咱们一片片扫落在地。什么德行啊！"

"啊啊，你错怪它了。"另一片树叶晃了晃身体说，"咱们祖祖辈辈有个传统，就是为大树而生，为大树而死。我们从发芽那一刻开始，就依靠大树活着，同时也通过光合作用，制造营养，反输给大树。到了冬天，咱们老了，枯了，已没有能力制造营养了，大家纷纷离开大树，都是自觉自愿呀，怎么能怪大树呢？"

"自觉自愿？笑话！"那片怨气满腹的树叶说，"咱们有今天，站在高枝上，容易吗？"

清荷满池

几片柳叶被一阵大风吹落在荷池里，像无舵的小船，身不由己地在水面上荡悠，不几天，柳叶身上出现黑色的斑点。斑点渐渐地扩展、蔓延，开始腐烂。

一个共同的欲望使树叶们聚集到一起，七嘴八舌地抱怨起来：

一片腐叶说："在这个不干净的鬼地方，想洁身自好都难！"

另一片腐叶立即随声附和："就是就是，我刚来了这里，就

闻到一股奇怪的气味。"

第三片腐叶指着一个气泡说："瞧,这是刚冒出来的!只有不清洁的水中,才会冒出这种东西!"

一片变腐的纸片也凑了过来,火上加油地说:"你们看到的都是表面现象,根子还深着哩!昨天,一条泥鳅告诉我,这池塘的底下,全是污泥。在这样的环境生活,怎么会不被污染?"

几个"受害者"正说得起劲。一个花骨朵推开它们,从水里钻出来,迎着灿烂的阳光,绽开了的花瓣,那么清纯,那么洁白,那么美丽,那么高雅!

接着,又有一个花骨朵钻出来,迎着太阳,露出了无瑕的笑脸。

没过多久,一个又一个花骨朵接连从水里冒出来,池塘里布满了洁白的荷花,就像一群白衣仙子,一尘不染,清雅高洁,在荷叶荡起的绿色波浪中翩翩起舞。

腐叶和腐纸十分惊讶,你我相望,还想说点什么,一时都张不开口了。

跳不起来的乒乓球

乒乓球和球拍是一对好朋友。每逢人们打乒乓球的时候,乒乓球就在球拍的击打下,在球台上跳过去跳过来。球拍用的劲越大,乒乓球跳得越高;球拍击打得越快,乒乓球跳得越欢;如果球拍在击打时巧妙地变换一下角度，乒乓球就能飞出美妙的弧线和迷人的旋转；球拍如果不停地击打，乒乓球就能够不停地跳……好像一点也不知道什么是疲倦。

有一天，乒乓球不知为什么泄了气，无论球拍怎样击打它，它都瘫在球桌上跳不起来。球拍费尽心思也拿它没办法，只好把它丢到一边，另换了一个球。

跳不起来的乒乓球大声抗议说："你就这样抛弃我吗？太不够朋友了吧！"

球拍平静地对它说："朋友，如果一个人泄了气，再好的朋友也帮不上他的忙！"

旋转的陀螺

在鞭子的抽打下，陀螺飞快旋转着。主人还在它身上安了一个哨子，转动的时候，那哨子发出清脆的声响："哈哈，我就喜欢有人鞭策，越鞭策，我转的越欢。可不像有的人，任你怎么抽打，他死蛤蟆似的躺在地上，就是一动也不动。"说着，它别有意味地瞟了石头一眼。

兴许是主人玩累了，陀螺在说这话的时候，已经不再有鞭子在它身上抽打。渐渐地，它旋转的速度慢了下来，当慢到不能支撑它继续站立的时候，它就像醉汉子似地东倒西歪，摇摇晃晃。

最后，一个跟头栽倒在地上，勉强挣扎了几下，像截木桩似地躺着不动了。

石头在一旁哈哈哈大笑起来："伙计，现在该明白了吧，没有内在动力，完全靠别人抽打才行动，是不可能持久地站稳脚跟的。"

沉到水底的救生圈

一个泄了气的救生圈滴溜溜地沉到了水底。

它委屈地对在身边游来游去的鱼说："奇怪，别的救生圈都能浮在水面，托起人体；可我连自己的身体也托不起，不知为什么？"

鱼绕着它轻盈地转了一圈，指着它身上的一个裂口说："谁要想有一定作为，就必须有一定的肚量。像你这样连一点气都装不住，怎么能够载物负重呢！"

自负的算盘珠

一道木条把算盘珠分在上下两个天地。

在上面的算盘珠趾高气扬地对下面的算盘珠说："你们真是

蠢笨的一群，五个才抵我一个！"

下面的算盘珠说："难道你真以为你的本事比我们强多少吗？你在上，我们在下，完全是偶然的机遇，人为的结果。你如果不服气，咱们换个位置试试！"

"我不服气！"上面的算盘珠自负地拍着胸脯说。

一天夜间，主人不小心把算盘碰落到地上，算盘珠散落得满地都是。在修理算盘时，主人刚巧把上面那颗趾高气扬的算盘珠安到了下面。

这时，这颗算盘珠才真正认识到：一处在比别人稍高的地位就趾高气扬，恰巧暴露了自己的无知和浅薄。

竹园里的石头

一块石头多少年都盘踞在公园的一角，独霸一方，不让草生，不让树长，而听任青苔阿谀地依附着他。

一天，它忽然觉得有什么东西在屁股上戳了一下，痒痒的，轻微轻微地疼。不经意地一瞥，原来离它不远处有片竹园，竹的根窜到它坐的地方，几个又小又嫩的笋芽想钻出地面去。

"讨厌的小家伙，你们想和我争地盘吗？"石头以硬邦邦的声调说，"趁早打消这个念头！有我在，你们永远也别想出头！"

也不知过了多长时间，石头的身边出现了几根又粗又壮的竹子，竹子边又冒出许多新笋，形成了一片竹林。石头虽然仍旧顽固地死守着它的地盘，但是显得那么无奈，那么可怜，那么无足轻重。

老态龙钟的它沙哑着嗓子问身边的新竹："伙计，你们是从哪里来的？"

一枝新竹回答说："从你的屁股底下钻出来的呀！你忘了？我们还戳过你的屁股呢！"

石头吃了一惊："什么什么？你们居然还是钻出来了？"

新竹说："你只能霸占你脚底下的那一小片地方，你无法霸占的地方多着呢！"

沙子与水泥

人们常常用"一盘散沙"形容不团结，沙子听后，心里非常不舒服。它对水泥说："我们怎么不团结了？这不是偏见就是误解！瞧，我们每天都亲密地生活在一起，不打架，不争吵，也不扯什么皮，团结得多好！"

水泥说："如果没有其他原料把你们黏结起来，你们自己能凝聚在一起吗？"

沙子自负地说："只要你们能，我们也一定能。"

水泥说："那好吧，就让我们试试吧！"

说完，水泥请水把它和伙伴们搅拌在一起，很快，它们就如胶似漆地融为了一体。

沙子也请水把它和伙伴们搅拌在一起，可是没过一会儿，它们便四散开。

水泥们手挽手，肩并肩地走上建筑工地，把一层层砖砌成高墙，又把高墙联结成大楼。

沙子不甘示弱，也想把一块块砖砌在一起，可是，它的伙伴们刚来到墙上，就争先恐后地往外溜。勉强把墙垒了半人高，一头猪轻轻一拱，"轰"地一声墙便倒塌了。

水泥对垂头丧气的沙子说："明白了吗？一个连自己都黏合不到一块儿的集体，是什么事也干不好的。"

雪的失败

雪借助呼啸的北风，肆无忌惮地飘着、舞着、洒着。它发誓要将世界都变成白色。

褐色的小路变白了，苍翠的松枝变白了，深红的房顶变白了……一夜功夫，色彩缤纷的大地被捂得严严实实，变成了白皑皑的一种颜色。雪得意地发出刺耳的尖笑："哈哈哈，世界都姓'雪'了！"

寒潮过去，太阳从东方升起来。渐渐地，小路恢复了褐色，松枝恢复了绿色，房顶恢复了红色，大地上的一切事物都恢复了本来的颜色。雪呢，却消失得无影无踪。

小燕子说：世界本来是丰富多彩的，谁想把它变成一种颜色，结局只能是失败。

蜡烛的泪

一阵风吹来，蜡烛的火焰抖了几抖，眼中早已蓄满的泪水再也抑制不住，夺眶而出，一会儿就淋湿了衣襟。

风怜悯地说："哭吧，痛痛快快地哭吧。你照亮别人，却毁灭了自己，实在太可怜了。流流伤心的泪，心里可能会好受一点儿。"

蜡烛说："你误会了。我流的是悔恨的泪。"

风吃惊地问："你悔恨什么？"

蜡烛说："我悔恨自己曾经有过和你同样的想法。"

风不以为然地说："处在你的位置，有这种想法是非常自然的事，有什么可悔恨的呢？"

蜡烛说："你想过没有，火柴是为谁而献出生命的吗？"

第五辑

珍珠寓言

夺得金牌的驽马

一匹驽马参加毛驴运动会，战胜所有毛驴选手，夺得了赛跑各个项目的金牌。

它挂着金牌回到马群中，得意洋洋地炫耀说："看到了么？当今跑得最快的，可就是我了！"

千里马咴儿咴儿地一笑，说："要证明你是不是跑得最快，还是到马群中来试试吧！

孔雀的缺点

动物园里，孔雀王子抖动尾羽，打开彩屏，美丽极了。人们纷纷举起相机拍照留念。

但也有好事者说："孔雀开屏，美丽倒是美丽，就是屁股露出来不大雅观。"

动物园负责人听了，深为他喜爱的孔雀难受。他下决心进行一项科学研究，既让孔雀展开美丽的羽屏，又不让它露出那不雅之处。

非常遗憾，我们这位可敬的负责人毕其一生，心机用尽，也没有找到两全其美之策。

酒杯和大海

"人们说，高不过蓝天，宽不过大海。其实，你未必有我大。"酒杯骄傲地对大海说。

大海爆发出"哗——"的一阵大笑："你尽你的力量试试，如果你能在一百万年或者更长的时间把我舀干，就算你大！"

酒杯说："装的水多，就说明你大吗？那不是唯一标准！"

大海说："那你依据的是什么？"

酒杯昂着头说："在酒杯里淹死的人，远比在大海里淹死的多！"

大象酗酒

在自然保护区里，一头大象腿上长了个疮。兽医给它治疗，它总是吹胡子瞪眼地拒绝。兽医灵机一动，先用酒把它灌醉，等它烂醉如泥后，就想怎么治就怎么治了。

　　没想到大象的疮治好后，却满村子里乱窜，闻到哪家有酒，就循着酒香，不请而至，把人家的酒喝得精光。有时还毁坏人家的东西。

　　大象有了酒瘾。

　　"我怎么没想到这一点呢？"兽医始料不及，追悔不已。

北风敲门

　　数九寒天，滴水成冰。北风拼命摇晃着门扉，大声尖叫："开门！开门！让我进去！让我进去！你们舒舒服服地坐在火炉前取暖，却把朋友关在门外，这也太不讲友谊了吧！"

　　小白兔在屋里回答说："知心的朋友，总会在朋友最需要的时候出现在面前，而决不会趁严寒的时候往对方身上吹冷风。你如果真的珍视友谊，咱们夏天再见吧！

跳蚤讨公道

　　跳蚤向道德法庭递交了一份起诉书，控告人类犯了"蔑视罪"。

起诉书说："有人身高一米八，跨过两米四的横杆，就获得许多荣誉和许多奖金。而我们呢？我们如果有他那么大的个儿，就可以跳过百米高杆。但是，人们对此却视而不见，还到处追杀我们，这难道不是地地道道的蔑视？"

道德法庭审判长捻着雪白的胡须说："谁要想得到人们的尊重和爱戴，就不仅要有好技术，而且还得有好心术。像你们这样虽然跳高技艺非凡，但跳来跳去都想的是吸人血。人们怎能不蔑视你们呢？"

骆驼和虱子

骆驼长途跋涉吃尽千辛万苦，终于穿过广袤的撒哈拉沙漠。

一只虱子从他的鬃毛里钻出来，宣告："是我和骆驼合作，共同征服了撒哈拉！"

骆驼不动声色地说："朋友，你是怎么走过沙漠的？"

虱子大言不惭地说："你是怎么走过来的，我也是怎么走过来的！"

骆驼轻蔑地一笑，用劲抖了抖鬃毛，虱子被抖落在沙丘上。沙丘滚烫滚烫，虱子立即被烤得崩裂了肚皮。

豪迈的火车头

火车头拉着一列长长的车箱，一路高歌往前奔驰，像一条腾飞的巨龙。

"嘀嘀——"一辆什么也没装的小汽车很快超过了他。然后降低速度，得意地对它说："傻冒一个！你干吗要带那么多累赘？瞧我，一身轻，跑多快！"

火车头长鸣一声，豪迈地回答："我的工作有意义，就在于不仅自己往前跑，而且带领大家一起往前跑。否则，跑得再快，又有什么意义？"

一张药方

贵妇抽烟成癖，一天到晚嘴不离烟，烟不离嘴。

后来不知为什么，卧室茶几上的烟总是不翼而飞。开始，她以为是女仆干的。但是，把女仆辞退后，烟仍是经常失踪。贵妇很诧异。

一天，贵妇推开卧室，一个意想不到的场景出现在她的面前：

她的小狗正津津有味地嚼食烟卷。

贵妇慌慌张张地把小狗抱去看医生。医生问过她的生活习惯后，在药方上写道：请您戒烟。

瘤癌之别

一老翁鼻生一瘤，到医院检查。医生说："恐怕是癌。"老翁当即倒地不起。

用担架抬入病房，食水难进，气息奄奄。

又一日，医生来告知："检查结果出来了，不是癌，是良性瘤。"

老翁当即翻身下床，健步如飞地走了。

一只手套

明翁阑尾病变。手术中，朦胧听到医生的对话："还有一只手套呢？""正在找。"

手术后，明翁总感觉腹痛。怀疑那只手套肯定在肚子里了。

用 X 光透视拍照，腹中无异物。明翁发怒说："无异物为什么腹疼不止？"要求破腹查找。

医生无奈，与明翁家属商量好，把他推入手术室，装出一副做手术的样子，而从消毒箱中取出一只手套给他看："瞧，找到了。"

明翁自此不再腹痛。

吃亏是福

新公寓落成，明翁见自家分在七楼，无电梯，火冒三丈。

贵翁说："我俩换一换吧，你住三楼。"

单位只有一部专车，几乎成了明翁的专车。旁观者都为贵翁鸣不平。明翁笑笑："我有'扶而夹'（自行车），方便，还可以锻炼身体。"

数年后，明翁"三高"齐发，连路都走不动了。贵翁却愈益矫健挺拔。

明翁终悟：吃亏是福。

鳖 王

钱翁善养鳖，人称"鳖王"。鳖王门口养一池鳖，虽围以高墙，养有恶狗，但鳖仍屡屡被盗。鳖王怒，置一猎枪，彻夜守候。

一日夜半，鳖王正朦胧，见一蒙面汉翻上高墙，投给恶狗食物，狗不叫了，然后持竿钓鳖。

鳖王怒放一枪。盗鳖者坠下高墙而死。

次日，死者妻找到鳖王，和鳖王商量，如鳖王赔偿五万元，此案可私了。

鳖王断然拒绝："宁偿命，不赔钱！"

邻人叹曰："命尝不要，要钱何用？"

猫的情歌

皓月当空，正在热恋的猫先生和猫小姐躲在葡萄架下，你一声我一声地对唱着情歌。

它们的歌声实在不堪入耳，就像两个人在赛哭，但它俩却沉醉其中，如醉如痴，神魂颠倒。

人们实在不堪其扰，纷纷开窗呵斥。有的还拿出长竹竿前来驱赶。

这对可爱的恋猫逃到一个角落里。一个说："这群人根本没有音乐细胞！"另一个说："就是，他们压根儿就是一群歌盲！"

猫和绳头

猫不小心绊到了绳头。绳头大怒，一把抱住猫的脚不放手。

猫被绳头绊着，想跑跑不快，想跳跳不高，好几次还差点被绳头绊倒。绳子也被猫拖来拖去，浑身糊满了灰尘。

猫说："绳大哥，你这样舒服吗？"

绳头说："我舒服不舒服不重要，只要让你不舒服就行了！"